草田男深耕

渡辺香根夫

編　横澤放川

角川俳句コレクション

目次

Ⅰ　序に代えて─草田男のまなざし（講演1）　5
Ⅱ　草田男深耕1
　昭和38年〜45年の作品を読む　19
Ⅲ　晩年の草田男─向性の正と負（講演2）　45
Ⅳ　草田男深耕2
　昭和46年〜58年の作品を読む　57
Ⅴ　千の空から─千空、リルケ、草田男（講演3）　77
Ⅵ　草田男再耕1
　昭和38年〜42年の作品を読む　85
Ⅶ　許されと引受け─ラザロ体験の射程（評論1）　115

Ⅷ　草田男再耕2
　昭和43年～58年の作品を読む　133
Ⅸ　「中庸ならぬ中庸の道」その他
　―パスカルを読む草田男（評論2）　163
あとがき―ただひとこと　184
初出一覧　186

装丁　大武尚貴

編註

中村草田男《なかむらくさたお》の主宰誌「萬緑」のいわば最後の代表同人といっていい渡辺香根夫《わたなべかねお》が「草田男深耕」という題目のもと各月書き下ろしてきた、鏤刻《るこく》を尽した文章である。草田男は第八句集『時機《とき》』以降、晩年へのほぼ二十年間の作品をもはや句集として上梓することはなかった。これは最終的には全集第五巻に収録され、その後、第九句集『大虚鳥』に精選されたかたちで収録されている。俳壇への配慮を断ったかに見える後半生の草田男の作品については、破調、難解、自己満足といった批判が少なからずいわれてきたが、草田男はその生涯の終りまで文学としての、そして文学を超えたともいうべき自己探究を決して忘ずることはなかった。その草田男固有の、あるいは唯一無二のといっていい精神世界は、それが解明されることなしには草田男の全貌を理解することはかなわない。渡辺香根夫（金沢大学名誉教授）は永くパスカル研究に携わってきたその探究のまなざしを、草田男晩年の二十年間の作品解明にも孜孜《しし》としてふりむけ続けた。どれも紙面一頁の四分の一の制約のなかで濃縮された文章であるが、これは向後の草田男研究に欠かすことのならぬ文献となるだろう。さらに一層の理解のために、「萬緑」の大会において行われた同じ著者の三篇の篤実な講演記録と評論二篇を添えてみた。草田男のいわば深みの次元をとくと味読精読していただきたい。

横澤放川

Ⅰ

序に代えて

――草田男のまなざし（講演1）

俳話というよりはむしろ俳論という趣の話になるかと存じます。草田男のまなざしというと「妻を語る秋栗色の大きな眼　千空」が反射的に思い出されます。わたしは直接この「栗色の大きな眼」に見られたことも「妻を語る」声を耳にしたこともありませんが、写真を眺めているといつもその眼から強い印象を受けます。弓子《ゆみこ》さんの『わが父草田男』に収録されているいろいろなエッセーを読んでみても、例えば「異常なほどに発達した眼として凝視のうちに静止しがちな父」というように、草田男は家族にとっても先《ま》ず「眼の人」であったようです。それと並んでとことん「言葉の人」であった印象も語られています。妻の遺影を前に一家そろって祈りを唱えるようなとき、祈りそのものには身が入らない様子でも、引用されている聖書の言葉には強い反応を示して「これはいい言葉だ」と祈りのあとまで見ていたりして、ひんしゅくを買うようなこともあったと書かれています。だからといって「言葉の人」をもっぱらマイナスのニュアンスで受け取るのは間違いでしょう。このエピソードで語られているのはディヒター（詩人）としての本然であろうと思います。ディヒターとは何かというと、それは〈初メニ言《ことば》アリキ〉というヨハネ的認識に憑《つ》かれた人のことです。そういう人間の自覚が草田男にはありました。存在の住み処《か》（ハイデッガー）である言葉をヨハネ的な光で洗いなおすのがディヒターの使命なのです。〈初メニ言アリキ〉ということは、詩にとっては、わたしたちが始原から遠く隔たった位相で用いている言葉の一つ一つには、日常性から世界創造の瞬間に至るまでの、存在レベルの全体が重層的に潜在しているということに他なりません。だからこそ、日常生活の中で道具化してすりきれてしまっている言葉が、初めにあった言葉との目も眩《くら》むような落差をのぼって、同じ言葉のまま、詩の言葉となり得るのです。「葡萄食ふ一語一語の如くにて」（昭和22）という句がありますが、これが凄い句であるゆえんは、その比喩《ひゆ》を生んでいる〈まなざし〉に初めの光がさしていて、存在レベルの重層性へとわたしたちの思念を誘うからです。草田男の俳句を読んでいて思うのは、「眼の人」として物を見つめることが、言葉に光をというディヒターの悲願とつねに一体であるということです。眼が対象を受動的に映すのではなく、対象から働きかけられて働きかえす力であるとき、それは〈まなざし〉です。草田男の俳句空間はいつも眼と言葉との緊張関係のうちに、〈まなざし〉の空間として維持されているということができるでしょう。「眼の人」と「言葉の人」とは互いに分身関係にあります。いま引きました「葡萄食ふ一語一語の如くにて」は第五句集『銀河依然』の句ですが、句集でこの句は「きりぎりす鏡は映すの能を極む」と隣りあって置かれています。それは、むろん意図的になされたことではないでしょうが、たいへん象徴的です。というのは〈まなざし〉が一方は言葉じしんへ、他方は対象を映すという機能じしんへ向けられ、それが両句を共軛《きょうやく》しているからです。

わたしたちは〈まなざし〉を介して世界と向きあい、他者との関係に入ります。端的に言って〈まなざし〉とは愛なのですね。人間は何かを愛するようにつくられている、ほんとうの対象が見つからないと偽りの対象にむすびつかざるを得ない、そう言ったのはパスカルですが、草田男も第四句集『来し方行方』の跋《ばつ》に「作品は生みつゞけられなければならない。此世に、避け得られない死といふものが存在し、抑へ得られない愛といふものが存在するが故に」と書いています。「抑え得られない愛」―それは人間のありかたそのものを決めている情念です。「避け得られない死」―それは愛の情念の運動がとつぜん死によって断ち切られるという、免れることのできない運命です。一方に自らの有限性の認識があり、他方に永遠の価値への希求があって、その二つの条件から「作品は生みつづけられなければならない」ということがでてくる。なぜでしょうか。『三冊子《さんぞうし》』の芭蕉《ばしょう》語録に「物の見えたる光、いまだ心にきえざる中《うち》にいひとむべし」とありますが、そのいいとめた結果が作品として残る。しかしその残り方は光が心を通過した〈記念〉として残るのです。光そのものを保存したということにはならない。光をとじこめようとしても、闇をとじこめることにしかならない、とはいみじくもパスカルの言ったことです。つねに新たな光を注がれるという形でしか、光を保つことはできない。作品が生みつづけられなければならないゆえんです。作品を書くということは、閉じ込めて保存することのついに叶わぬ光を求めての、魂の無窮動です。ですから〈まなざし〉は〈まなざし〉としての働きのきわみで遂にはやるせなさを湛えてくる。そういう意味でも、草田男の全作品世界の掉尾《ちようび》に天を濡らしつづけるあの噴水の憧憬、生のやるせなさが、みごとな形象を得ていることに瞠目《どうもく》せざるを得ない―「折々己れにおどろく噴水時の中」―この地上の時間の中で、折々にではあれ、あのヨハネ的な光に人間が洗われ得ること、そういう自己超越が生起し得るということにハッと息をのむ、それが「己れにおどろく」ということなのですね。〈まなざし〉のなかで、彼方から引き上げられるようにして、人間が人間を超えるということが起るのです。

その〈まなざし〉にこそ草田男の写生概念は定位している。草田男が自己を虚しくして自然の対象を凝視する必要を倦まず説きつづけたのは、決して自己目的的に巧い写生句を生むためなんかではありません。〈まなざし〉には光を誘うという聖なる性質があるからです。これは極めて大事なことで〈まなざし〉の聖性がなければ草田男の俳句論はその核心部において崩壊するといってよいほどのものです。しばしば写生が単なる句作のテクニックとして受け取られることを草田男は嘆いていますが、そのような誤解が絶えずくりかえされるのは、〈まなざし〉の超越的な働きがなかなか理解されないからだと思います。〈まなざし〉のなかで自我の閉回路が破られるということこそ、草田男の〈写生〉の生命線なのです。

〈まなざし〉の超越的な働きを理解する一助に、ここで弓子さんがお訳しになったアレクシー・カレルの「祈り」という文章から、一つのエピソードを紹介しておきましょう。アレクシー・カレルは一九一二年にノーベル生理学・医学賞を受賞したフランスの医学者ですが、聖母マリアの奇跡で知られるピレネの町ルルドへ向かう巡礼団に付添医師として同行したとき、たまたま一人の若い女性の奇跡的治癒に立ち合うことになり、科学者としての激しい内的葛藤のすえに、深い信仰に到達した人です。

人気のない教会の最後列のベンチに年とった農夫が独り坐っていた。「何か待っていらっしゃるのですか？」と人が聞いた。「あの方を観ているのです」と彼は答えた。「あの方も私を観ていらっしゃいます」

イエスの礫像《たくぞう》を見つめながらの、ごく素朴な相互浸透、一体化ですが、余分なものは何一つなく、あるのは〈まなざし〉だけです。それだけに感動的ですね。このとき農夫が見つめていたのは幾何学的に抽象化されたシンボルではなく、おそらく、体の重みで今にもずり落ちそうなリアルなイエス像だったと想像されます。具体的なものに触発された此方《こちら》からの働きと、彼方《あちら》からの働き返しとが〈まなざし〉の持続的な交換のなかで一つになる。草田男の写生概念の中核にある作用が純粋にとりだされている感があります。〈写生〉の究極には―その核心にはというのと同じことですが―このような対象と一つになるまでの〈みつめあい〉があります。

さきほど〈まなざし〉の聖性と言いましたが、かならずしも草田男の信仰を問題にしているわけではありません。要はあくまでも〈まなざし〉の持つ特性、際《きり》もなき愛の回路であるという特性なのだということを強調しておかなければなりません。それが、草田男にあって、俳句をパラドックスの詩として存立させている。極小の器が無限大をはらむ器であるというパラドックスです。俳句は小さな器だから描写には向かないが、その描写芸術ではない俳句、「魂の芸術」であるはずの俳句の存立条件が写生であると草田男は言っています。とるにたらない具体物への依拠（＝写生）が「魂の芸術」として永遠を担保しうるのは、くりかえしますが、〈まなざし〉に光を搬《はこ》ぶという特性があるからです。パラドックスを生命体たらしめているのは〈まなざし〉なのですね。草田男の写生を〈まなざし〉論として把握しなおさなければならないと思うゆえんです。

ちょっと話題を変えますが、「萬緑」の平成十二年十月号に成田千空《なりたせんくう》・原子公平《はらここうへい》の対談が出ています。晩年（といっても昭和三十八年から没年に至るまでの二十年間なのですが）の草田男俳句について公平の言っていることが気になりました。全集第五巻の約五千句（平成十五年萬緑運営委員会によって刊行された第九句集『大虚鳥』の母体）、それについて公平は「草田男なまり」が強くて普遍性がない、なかにはいいものもあるが全体として余り感心しない、俳壇との没交渉で独りよがりになっていると言うのですね。なるほど、世間のいわゆる大家と言われるような人たちとはあきらかに違って、穏やかな老成といった印象はまったくありません。行動半径が小さくなるにつれて私的・身辺的な素材が増えてくるにもかかわらず、措辞やリズムはほとんど生理的と言いたいほどの異化に佶屈《きっくつ》とすることがしばしばです。けれども作品の完成度という視点だけではとても始末しきれないことが生じている。〈まなざし〉に注意を払いながら丹念に読んでみると、これまで俳句の歴史がじゅうぶんに意識しなかったような思想詩・形而上《けいじじょう》詩の可能性が予感されています。たとえば「白障子の明けゆく此の世の桟の影」のような作品には、写生がおのれ自身を内側から破って形而上詩へと脱け出してゆく趣が見られるでしょう。「折々己れにおどろく噴水時の中」もむろんそうです。実際、ぞくぞくするような句があって、五千句はそんな句を生むための、いわばマグマ溜りなんですね。上手・下手の次元を超えたものが動いているのです。稀有の才能が、俳壇の評価の外でやろうとしていたことがいったい何だったのか、慌てずに、少しずつ作品そのものと対話して確かめてみよう——そんな気持に動かされて、五年ほど前から、毎月一句ずつとりあげて、泉紫像《いずみしぞう》さんの「高志路《こしじ》」に短い鑑賞文を書いてきました。いま「草田男深耕」というタイトルで少しずつ萬緑誌に再掲していただいているのが、それです。編集部のお目にとまって、放川《ほうせん》さんがタイトルを考えてくれました。そこに書いてきた内容を敷衍《ふえん》するようなことになると思いますが、後はなるべく作品に即して〈まなざし〉の問題を考えてみることにしましょう。

考察をある時期に限ることにします。弓子さんのエッセー「第九句集のころ」に―第九句集とはここでは全集第五巻自体のことですが―、句を作ることと自然のなかを歩くこととがつねに一体であった草田男が七十歳を境にだんだん歩かなくなり、七十五歳のときにパタリと歩かなくなったという証言があります。そして、そのことが、この時期以降の句の作り方に根本的な変化をもたらし、より言葉そのものから出発するようになり、より心境的なものになったであろうという推測がなされています。実は、草田男がだんだん歩かなくなり始めたという昭和四十六年にわたしにはたいへん気になる作品が幾つかあって、それらの作品どうしの連関に暫く心を奪われているということがありました。「眼の人」と「言葉の人」とは互いに分身関係にあると初めに申しましたが、その緊張関係の秤《はかり》が言葉の方に傾くことが〈まなざし〉のベクトルにどのような変化をもたらしているかということです。そのあたりに焦点をしぼって、少し思い切ったことも言ってみたいと思います。この年に

人の身ひとたび寝ざるべからず蛍籠

という句があります。強く惹かれながら、なにか尋常でない気息が感じられ、それがどこから来ているのか不安でした。意味上はとりたてて難しいところは何もありません。「子供心に夜

半なるにほひ蛍籠」「蛍籠未来茫々三歳児」などという句と一つのブロックをつくっている四句のなかの一句です。そういう環境的なサポートもありますから、そのとき三歳になっていたお孫さんの蛍体験が主題になっていて、おそらく蛍火の美しさ・ふしぎさに興奮してなかなか眠ろうとはしない幼子に、「もうそろそろ寝ないと、あしたがあるんだから」とたしなめてみせた句、あるいは逆に疲れてとうとう眠ってしまった幼子を温かくからかってみせた句——そんなふうに読むのがふつうなんだろうと思います。しかし言い方に何か過剰なものが感じられないでしょうか。「草田男深耕」の初回に「林より森に入りし身閑古鳥」（昭和38）という句の鑑賞を載せていただきましたが、そこでこう書きました——「林から森へと踏み入った。たまたま郭公《かっこう》の啼声《なきごえ》を聞いた。それだけのことであれば『林より森に入りし身』という表現は物々しすぎる」と。そして、そこには二度目の〈ラザロ体験〉後の、生のある段階への暗示があるのではないかと推測致しました。それと同じ物々しさが「人の身ひとたび寝ざるべからず」にも感じられる。意味ではありません。そんな言い方をさせる〈まなざし〉は何かということなのです。

できごとの日常的レベルに言葉なりリズムなりがそぐわないという感覚が「物々しさ」ですが、この問題に草田男は、早い時期からきわめて意識的でした。例えば「魚食ふ、飯食ふ」（昭和26）というエッセーを読むと、草田男は日常茶飯のことを言うのに仰山な言い方をするといって仲間から揶揄《やゆ》されることがよくあったようなのですね。その種の批判に対して草田男は、作者の根源的な生のかなしびに対応する作品の「リズム的なデッサン」——内在的律動の表出とでも言い換えましょうか—を感じ取る能力がないからだと応酬しています。俳句はむろん定型詩ですが、定型でありながらその内部に、生けるものとしてのリズムを脈動させています。それがある種の撓《たわ》めとして作用する。その力を内圧として感じながら定型は初めて生きた定型となる。〈紡錘《ぼうすい》形の結晶〉と草田男は言いましたが、〈紡錘形〉はいつも〈墓石型〉へと慣性化する危機にさらされている。卓抜の比喩をもって定型を語った草田男の句が、なぜ異化のエネルギーに撓むことを恐れないのか。そこのところをしっかりと押える必要があります。そういう撓みで詩の思想は語られるのであって、意味で語る散文とはそこが違います。意味に還元してしまうと味噌も糞もいっしょくたになってしまう。芭蕉の〈しをり〉もそういう機微に触れる言葉として草田男は把《とら》えていたようです。とにかくそこのところがなかなか理解されないのを嘆いているのですね。憤懣《ふんまん》やる方ないといった風情なのです。わたしたちのはなしに引きすえて言い換えると、物々しさは「リズム的デッサン」として、意味ではなく、生への〈まなざし〉に関与している。「人の身ひとたび寝ざるべからず」が日常的な意識レベルからすると多少とも物々しいということは、その〈まなざし〉が超越的なものに係わっている徴候ではないかということです。もう一つ、同じ頃に発表された蛍の句を見て下さい。

蛍火闇に沁めども闇は知らざりき

蛍火が闇に醸しだす情感のたいへんよく出ている句です。しかし通常の写生意識にはそぐわない〈まなざし〉の磁場にこの句が置かれていることを、「闇は知らざりき」の少し芝居がかった擬人法から感じとれないでしょうか。この句のやるせなさはやはりただごとではない。ヨハネ福音書の初めにある「光ハ暗キニ照ル、暗キハコレヲ悟ラザリキ」という聖句を逐語的にイメージに翻訳したのではないかとある友人が言いました。そのような理知の側からの一方向的な操作ではなかろうと思います。何度も口ずさんでいるうちに、〈まなざし〉が帯磁しているのは、ゲッセマネの夜のイエスの祈りとペテロの眠りではないかと思われてきました。受難の近いことを知ったイエスはペテロたち三人の弟子を伴ってゲッセマネの園にやってきて、そこで祈りを捧げます。「わたしの魂は死ぬほど悲しい。そばにいて一緒に目を覚ましていてほしい」と弟子たちに頼みますが、イエスが祈っている間に彼らは眠りこけてしまう。イエスはそれを許しながら〈心は熱スレドモ肉体弱キナリ〉とペテロに言う。聖書のなかでもっとも感動的な情景の一つです。端折《はしょ》って言いましょう。蛍火はイエスの祈り、闇はペテロたちの眠りです。眼前の蛍火に触発された〈まなざし〉はゲッセマネの夜から無限のエネルギーを汲んで言葉に返ってきている。そうしますと、もう一つの「人の身ひとたび寝ざるべからず蛍籠」も同じ一つの〈まなざし〉のなかに浮かび上がってくる光景ではないかということになりますね。なにげない日常の光景がひそかにペテロの眠りのやるせなさに浸透されている。物々しさは光源を指すインデックスです。

ところで、わたしは、草田男がこの時期にパスカルを深く読みなおすことがあったのではないかという気がしております。ゲッセマネのイエスの祈りとペテロの祈りも、むろん聖書から直接にということであって少しも構わないのですが、ひょっとするとパスカルを通って草田男に届けなおされているのかも知れない。パスカルにもイエスの絶対的孤独を追体験する「イエスの秘儀」というとても美しい文章があって、草田男の二句と〈まなざし〉を共有している趣があるからです。むろんこれは推測というより憶測に近いことでしかないかもしれません。しかし、それはそれとして、草田男がこの時期にパスカルを深く読みなおしたという推測じたいには根拠があります。その一つはこの年の九月に

青蘆よ異郷にパスカル読む吾娘《あこ》よ

という句が書かれていることとです。「吾娘」とあるのはもちろん三女弓子さんです。昭和四十五年秋から二年間、フランス政府給費留学生としてアミアン大学に遊学中であった愛娘《まなむすめ》の上に思いを馳せる句です。念のため少し蛇足を加えておきますが、「青蘆」の背景にはむろんパスカルの〈考える蘆〉があります。若き〈考える蘆〉である弓子よ、と呼びかける気息ですね。「異郷」はいうまでもなくフランスですが、見落とされてならないのはこの句の「蘆」も「異郷」もパラドックスを隠しているということです。〈考える蘆である〉というのは一つのパラドックスであることに留意しましょう。思考によって人間は宇宙を包みこむ。思考は偉大さの表徴です。その偉大な人間が、同時に一茎の〈蘆〉ほどに弱い惨めな存在だというのです。偉大な卑小、あるいは逆に卑小な偉大、それが人間だと言っているのですね。異郷にある娘を思いやるディヒターも、故国にあってつねに同時に異境に生きている。ディヒターとは、日常性の秩序に憩うことができない種族ですから、ふるさとは異境であり、異境はふるさとなのです。

異郷にパスカルを読む娘よ、父もまた異境に生きる者ぞと言っているのですね。信仰にとっても、現世はついに充足的にはあり得ませんから、それはつねに異境です。パスカルは現世の異境性を悲劇的な激しさをもって意識した人でした。そして〈考える蘆〉を究極的に支えているのは、神と人という両立しがたい価値を一体化する仲保者、イエス・キリストというラディカルなパラドックスです。ですから「青蘆よ異郷にパスカル読む吾娘よ」は娘に捧げられたパラドックスの花束みたいなもので、この時期の草田男の〈まなざし〉には、もともとあったパスカルの〈まなざし〉との親近性をリフレッシュする趣が感じられるのです。

因《ちな》みに、草田男がニーチェと聖書から大きな影響を受けていることについては、本人もそれを言い、多くの人が語っていますが、わたしはあからさまに告白されることはなかったにせよ、パスカルからの影響にも大きいものがあり、ニーチェと聖書の結節点にパスカルがいたのではないかと考えています。それどころか草田男の俳句の詩学にモデルを提供したのはパスカルではなかっただろうか、少なくともこの時期にそれが強く意識化されることがあったのではなかろうか。大胆なことを言うようですが、その徴候はあるのです。こんな句です。これが二つ目の根拠です。

穂絮喜遊パラドックスとエロクェンス

「穂絮《ほわた》」は「蘆の穂絮」でしょう。夏のあいだ青々と茂っていた蘆が秋には大きな穂をつけて、紫色がかった花を咲かせる。それが晩秋には白い絮となって風に漂う。〈考える蘆〉というパラドックスの穂架が自在に青空を浮遊するのですね。次にエロクェンス（雄弁）ですが、「ほんとうの雄弁は雄弁を軽蔑する」と言ったのはパスカルです。言葉と沈黙との境で十七音の小さな器に永遠を受肉する俳句のエロクェンスを、草田男はこの言葉に重ねていたのに違いない。だから、この句はどのように考えてみても、パスカルを下敷きにして俳句というパラドックス自体を詠んでいる俳句―メタ俳句ということになるでしょう。

この時期、言葉そのものから出発することが多くなったということは、〈原ことば〉である聖書への沈潜を深くして、いっそう〈まなざし〉の聖性を深めるきっかけとなり得たでしょう。同時に〈まなざし〉が俳句という言葉の構造体そのものへと向かうことにも貢献したでしょう。そんな歩みの果たてに、もういちど引きますが、「折々己れにおどろく噴水時の中」という〈まなざし〉の絶唱が屹立《きつりつ》している風景はほんとうに感動的です。俳句はおのれをなにものと認識しているのかと問うているようにも思えます。こんな句が書けたのも、草田男にとって俳句は、パラドックスであるということにおいて、〈考える蘆〉である人間そのものと構造を等しくしていたからだと思うのです。これでおくことにします。ご静聴ありがとうございました。

II

草田男深耕1

昭和38年～45年の作品を読む

初雲雀晴を見越して深井掘る　昭38

「雲雀《ひばり》の井戸は天にある」と三好達治《みよしたつじ》は歌った。彼は青空に井戸の枢《くるる》の鳴る音を聞いた。すばらしい感受だと思うが、草田男句は垂直運動の形而上性をもっと明瞭に意識している。《Laudamus te!》（ワレラ主ヲ頌《ほ》ム）と歓喜を囀《さえず》る揚雲雀の動きと、いのちの水を求めて脚下を掘り下げる人間の営みとの間に交感を感得する詩人の魂。「晴を見越して」は生における意志の必然と限界とに観入する、草田男独特の、核心把握的措辞というべきであろう。読者の思惟《しい》もこの蝶番《ちょうつがい》が働いて天心と地心へ両開きになる。草田男六十二歳。

林より森に入りし身閑古鳥　昭38

林から森へと踏み入った。たまたま郭公の啼声を聞いた。それだけのことであれば「林より森に入りし身」という表現は物々しすぎる。これは人生のメタフィジカルな変容を潜める措辞であろう。境涯を意識するから「……入りし身」と言われるのだ。郭公は一方が人界に向って開けている山裾の明るい林でよく啼く。その意味では境界の鳥だ。林の奥へ歩みを運んで行くと閑寂度が増し、光量が減少してくる。生のある段階が暗示されているに違いない。因みに、この句が書かれた前々年（昭和三十六年、六十歳）は二度目の〈ラザロ体験〉のあった年だ。

「舞踏薔薇」よ死に克つものを吾《あ》は尋《と》め来し　昭38

舞踏薔薇には「サラバンド」とルビが付されている。サラバンドはバロック形式の三拍子舞曲だが、薔薇《ばら》の品種名としてはF・メイヤンが作出した房咲き種の名花、満開時には朱色の花で木全体が炎になる。「舞踏薔薇」は草田男の工夫、そんな和名があるわけではない。「死に克つもの」とは何だろうか。愛だろうか。私には〈散文は歩行、詩は舞踏〉という有名な比喩(マレルブ、ヴァレリー)が想起される。名花の炎の舞は「詩」を以て「死」を克服する詩人の魂の象徴であろう。草田男六十二歳の作。

供華の束の濡れ藁解かむとどこほり　昭38

草田男の句にはフィジカルなものからメタフィジカルなものへと抜け出る独特のツボがあるように思う。ここでは「(濡れ藁解かむ)とどこほり」がそれである。墓前に捧げる花束を結わえた藁が濡れているので、容易に解けない。それを解こうとするときの所作の渋滞に心を置いた句であるが、それが只の些事《さじ》に終っていない。とどこほり＝抵抗が却《かえ》って対象へ心を強く方向づけるきっかけとして働く。懇ろな故人供養の句となる所以《ゆえん》だ。供華は公認された季語ではないが、「墓参」の季題圏に置いて読むことができよう。

渇医えての鳥糞ならん泉辺に　昭38

草田男句の真実感を支える重要な要素の一つに独特の身体感覚あるいは心身感覚の表出がある。「母が家《や》ちかく便意もうれし花茶垣」（昭和二十四年『銀河依然』）という句があった。生理から心理への通路が鮮やかで、微笑のうちに、深々とした安堵《あんど》感の共有へと読者を誘う。十数年後の掲出句ではもっと摂理的なものへの意識が働き、「渇医えての」が「泉辺」と相俟《あいま》ってメタフィジカルな世界を窺わせている。だが、安らぎと排泄という心身関係のリアリティがそっくり小動物に転移され、一句の強固な核を形成していることに注目したい。

青蔦や少女が呼べば開《あ》く鉄門　昭38

少女が声をかけると、青蔦《あおつた》の茂った洋風の大きな館の鉄扉が開いて少女を収容し、もとの静けさに返る。メルヘン的な美しさと、やはりメルヘンに付随するある種の不気味さが印象的である。少女が呼べばその声に応えて重い鉄扉が開くのは、彼女がそのなかの秩序に属しているからだろう。青蔦の茂りが少女を庇護している。作者は明らかに拒まれている。きっと、少年期のある種の憧憬と深層で係わっている句に違いない。あるいはもっと重い救済のテーマがスケッチの下に隠されているのかも知れない。句はすべてを読み手に委ねて寡黙だ。

栗鼠すずし末子を趨《お》ひて孫育つ　昭38

昭和三十八年、草田男六十二歳。「末子」は四女依子《やすこ》で当時十一歳、「孫」は初孫・葉子《ようこ》（長女・三千子《みちこ》の子）で、満二歳。この句の後に、誕生日の祝句「二度の夏花の子双葉名《ふたば》は葉子」という〈童謡ぶりの〉一句が続く。掲出句は栗鼠《りす》という可愛らしい小動物の生態が幼い子供達の動きにマッチして、その爽《さわ》やかさが実に草田男らしい。「趨ひて」は眼前の動きであると共に、世代連続のイメージでもある。「栗鼠すずし」だが、英語や仏語で栗鼠を語源へ遡《さかのぼ》ると、尾で影を作るものという意味のギリシャ語に辿《たど》り着く、いかにも「すずし」い。

御破算の如き音を立て鵙暮るる　昭38

キーキチキチという甲高いモズの鳴声が算盤《そろばん》のタマを払う音に譬《たと》えられている。多少とも異様で、ギョッとさせる。もちろん慣性を断ち切るようなモズの絶叫と、御破算の喩義（＝過去を絶つ）との適合が意味的な支えとしてある。だが、それだけではない。比喩の両項のズレに魂の崖っぷちを開示する大きなエネルギーが蓄えられていて、それがこの比喩の働く場、あるいは次元に思いを凝らすことを促す。何かダイモーンのようなものからの合図が感じられはしないか。払われているのは天上の算盤のタマだろう。

秋思断続欄の端はぶつちがひ　昭38

俳句は物に即《つ》く詩とされるが、季題に「春愁」と並んで「秋思」があることに今更おどろく。秋思は〈思い〉であって〈物〉ではない。物の固さ（感情と係わりなく貫徹する物質的抵抗感）を欠くので、配合次第で竹久夢二《たけひさゆめじ》の焼直しみたいなことになりかねない。掲出句はそんな世界を拒否している。秋思が激しい断裂相で捉えられている。意識されているのはいかにも感傷を誘いそうな対象ではなく、非情緒的な工作物のもつ「ぶっちがい」である。秋思は欄干の端で、いわば、いったん失速する。そこで現代の秋思となるのだ。

鷹消えて睫毛の翳《かげ》を空に観る　昭39

眼は見ている自分を見ることができない。それでも明るい空を見上げるときなどふと透明な組織の連鎖のようなものが視野に浮かんだりすることがある。あれは何を見ているのだろうか。「睫毛《まつげ》の翳」も眼のいわば自己視の気配のようなものだと思うと、句はそぞろ肉体の悲しさを漂わせる。鷹が消えて睫毛の翳が空の鏡に映る。逞《たくま》しい飛翔能力を持つ対象が天空の彼方に消え去って、なお持続する眼の切ないあくがれ、それを睫毛の翳が語るのである。身体的なものから形而上的なものへ、紛れもない草田男句である。六十三歳。

林檎《りんご》一顆撫でて孫曰ふ「はいつてる」　昭39

幼児の問は認識のためのフィクションをいっさい顧慮しないから、しばしば大人の度肝をぬく。例えば、ボクドコカラ来タノ？　いま、ここにある根拠は何なのか。どこから来てどこへ行くのか。知らずして存在の根源が問われている。この句の「はいってる」もそうだ。現象界に主語を持たない「はいってる」。存在の原初的な充実としか言いようのない「はいってる」。幼児のユーモラスな無垢《むく》が〈ハジメニコトバアリキ〉（ヨハネ）と同じ光源を指している。作者の嗚呼《ああ》という深い呻《うめ》きを聞き取らなければならない。

騎馬か駱駝か草の花踏み沙漠めく　昭39

前書に〈ドーミエの「ドン・キホーテ」の図に題す〉とある。騎士道物語を耽読《たんどく》して夢と現《うつつ》の境が定かでなくなった騎士が、自らドン・キホーテと名乗り、近在の百姓を従者に仕立てあげ、痩せ馬ロシナンテに跨《またが》って遍歴の旅に出る。可笑しくも胸を打つ物語だが、主人公の幻影には不変の真実と愛への憧憬が孕《はら》まれている。草田男は自らのうちにいわば〈聖痕《せいこん》〉としてドン・キホーテを負っていた。その自覚がこの句のペーソスを作っている。幻影の騎馬が踏むのは草の花、駱駝《らくだ》めく痩せ馬が現実に踏むのは砂漠である。草田男六十三歳。

白富士や眼中梁《うつばり》払はれつ　昭39

マタイの福音書を踏まえた句である。《何ゆえ兄弟の目にある塵《ちり》を見て、おのが目にある梁を認めぬか……》。自分では気づかない重大な魂の欠陥が〈眼中の梁〉であるが、ここではそれが意味のレベルではなく、身体感覚の〈誇張法〉として働いていることに注意したい。富士の秀麗に目が覚める思いがするのを梁が取れたと実感しているのである。常套句《じょうとうく》となったモラルが背景に退き、身体的リアリティが前面に立つことで、比喩は誕生時の新鮮さを回復する。聖書的背景に左右されない句の説得性がそこから生まれている。

白富士や家を貫く水車の軸　昭39

水車小屋を近景に富士を遠景に配した写生句。たとえそれだけだとしても「家を貫く水車の軸」に非凡なものを認めない人はいないだろう。実は、句はここで写生から離陸している。作者にとって「水」はいのちのシンボルであった。生涯を通じて詠まれた数多くの泉の句にその証《あかし》が見られよう。この句にも水車を生命循環の表徴として働かせようとする気息が感じられる。生命を運ぶ永遠の円運動、その軸が家を貫いているというのである。小屋でなくて家であることにも注意したい。まなざしは生活の普遍相へ注がれている。

神の右も左も無しや揚雲雀　昭39

句は言う迄《まで》もなく聖書を踏まえている。「右」は栄光の座であり、キリストは父なる神の右に上げられた。最後の裁きでも、選ばれた者はキリストの右に、呪われた者は左に振り分けられる。その右も左も雲雀には無いという。いさおしの打算は微塵《みじん》もなく、ひたすら生命賛歌を囀ることで雲雀であり切ろうとする意志―それが詩人の魂に響くのである。ニーチェの影も感じられる。雲雀は孔雀《くじゃく》の様な誇示的な美しさには無縁、その生態は垂直運動と歌とに還元される。いかにも絶対探求の詩人、草田男にふさわしい鳥だ。

主《しゅ》よりへだてて晩秋の地に己《おの》がサイン　昭39

ルオーの絵に題すとある。表面的なものに背を向け、静謐《せいひつ》のうちに存在の声を聞き取ろうとするルオーの芸術は具象に即した深い宗教性の表現で草田男の心を捉えた。ルオーのどの作品かは知らない。例えば「秋（ナザレ）」と題する一九四八年の油彩を思ってみる。聖性に浸透された心象風景―イエスと覚しき人物も見える。或いは「晩秋」と題する一九五二年の油彩。共にサインは右下隅にある。いわば定位置に過ぎない。だから「主よりへだてて晩秋の地に」は画面の説明ではない。ルオーという画家を今〈まなざし〉で生きている詩人自身のサインの位置をこそ、それは物語っているのだ。六十三歳。

灯をば蛾が長女の身をば孫がめぐる　昭39

蛾が火に吸い寄せられ、火に焼かれて死ぬのは、人の魂の運命に似ていなくもない。人は欲望に駆られて蛾のように物の周りを旋回する。飛んで火に入る夏の虫―俚諺《りげん》の秘める欲望の形而上学を思うべし。掲出句は、対照的に母性的なものを中心にもつ旋回を併せて提示している。暗く狂おしい旋回と、明るく無邪気な旋回。符号は逆でも二つの旋回が同じ情念の運動であることを、この句は―むろん表象の効果としてだが―物語っている。どちらも旋回の中心に光るものがある。聖性をさえ感じさせる美しい句だ。

信濃へ解放海国讃岐の甲虫《かぶとむし》　昭39

香川の砂井斗志男《すないとしお》氏から罎《びん》に封じて贈られた三匹の兜虫を、信濃須坂の宿の「素朴極まる一女中」の願いをいれて、山中に放してやった旨の長い前書がある。即興吟の趣が強いが一語一語にかけられている負荷は大きい。故郷愛媛の隣県の兜虫には作者の自己投影があるに違いない。この昆虫は一徹でどこかゲルマン的な情念を感じさせる。深く抑えられた歓喜と陶酔の匂いがする。因みに『火の島』には、「書庫守の朱に塗り放つ兜虫」があって微笑ませるが、二句ともに兜虫を草田男の情念の使徒として放っている。

露地を蜻蛉もと丘なりし土地ゆゑに　昭39

〈自然〉に人間の〈意志〉を置き換える営みを文明という。それが調和のうちに美しい景観を維持するためには、資本とは別の知恵が必要だが、それは常に劣勢に立たされている。地上は「モノノケヒメ」の愁訴に満ち満ちている。さて、句は丘陵地帯に開けた住宅地であろうか。飛び交う蜻蛉《とんぼ》は一見自然豊かな生活の安らぎを象徴しているように思える。だが、作者の意識は風景が静かに孕む、まだ萌芽でしかない危機の上に落ちている。「もと丘なりし土地ゆゑに」—切れば赤い血が出そうなフレーズではないか。六十三歳の作。

黙《もだ》の秋己が跫音空谷に　昭39

昭和三十九年秋、東京で開催された第十八回オリンピック競技大会に際しての詠唱である。エチオピアのマラソン選手アベベの力走に草田男は深い感銘を受けた。作品は『荘子』由来の「空谷《くうこく》の跫音《きょうおん》」という成句を踏まえる。人里離れた谷間《たにあい》に永く棲んでいると人の足音さえ嬉しい—孤独の中の思い掛けぬ喜びを云う。マラソンは自分との戦いだ。孤独に堪えて走り続ける。ふと、抜けるような青天にヒタヒタと己の足音を聞く。それは己の力の証ではないか。自らの足音を喜びとしながら、苦しさを法悦に高める。詩人も孤独のランナーだ。アベベ＝草田男、六十三歳。

野看板に「吟醸」の文字初雲雀　昭40

散歩道や旅の車窓からよく見かける早春風景である。あるいは間然する所のない〈写生句〉と評されようか。しかし〈写生〉はとば口に過ぎない。それは自己目的ではない。何が描かれているかではなく、何がそこで生起しているかが大事なのである。六十パーセント以下にまで白米を磨いて醸す芳醇《ほうじゅん》酒に「吟醸」の名が冠せられるが、吟は歌、自ずから詩歌の熟成に通う。片や雲雀は空に光を吟醸する者でなくて何であろうか。天と地、神とディヒター間の大きな循環を紡錘形の小世界が思惟する。一句中に存在の祝福が生起しているのである。

雲にのみ日注ぐときも高雲雀　昭40

前にも書いたことであるが、雲雀は、草田男の詩性を象徴する鳥と言えるだろう。表面的なものとは無縁で、孔雀のような絢爛《けんらん》は知らない。翼と声とが雲雀のすべてである。雲雀がもっとも雲雀らしいのは揚雲雀であるときだ。「雲雀は地上の鳥ではない。……それは天界に生きるもの」と『博物誌』のルナールは書いた。高く揚がるとき、雲雀は光の粒子となって空に溶け込み、竟《つい》に不可視の存在となる。声だけが地に届く。句は「雲にのみ日注ぐときも」というフレーズが胸苦しいほどに美しい。残照に囀る小さな命への頌歌である。

蘆《あし》角《かび》育つ泥に骨肉沈めあひ　昭40

昭和四十年、ベトナム戦争は深刻の度を加えていた。二月に米軍が北爆を開始し、わが国ではベ平連（ベトナムに平和を！　市民連合）が四月に最初のデモ行進を行った。句はテレビでベトナム戦線の報道を見て作られた二句のうちの一つであるが、モラリスト風に人間の愚かしさを嗤《わら》った句ではない。春、泥中から牛の角のように尖《とが》った芦の新芽が顔を出す。やがて青々と沼地を被《おお》う筈《はず》のいのちの芽生えが、今、銃剣の切っ先のように空―二つに引き裂かれた同胞たちの一つの空―を突き刺している。怒りと悲しみと祈りの声が聞こえる。

梅雨泥乾くも「十七歳は二度と来ない」　昭40

ベトナム戦争二句のうち、前回見た分の残りの一句。前書によると、十七歳のベトコン少年が捕らえられ、刎頸《ふんけい》に処される模様をテレビが映し出した瞬間に、『十七才は一度だけ』という日本の青春煽情映画のタイトルが脳裏に閃《ひらめ》いたという。片や利那的享楽のうちに空費される一回限りの十七歳。片や状況の暴力による余りにも無残なその強奪。その隔たりのやるせないまでの大きさ。しかしどちらの青春も痛ましさにおいては一つだ。句は前書がないと十全に機能しない辛さを滲《にじ》ませる。

危なき場所は涼しきものよ道祖神　昭40

道祖神〔どうそじん（さえのかみ、さいのかみ）〕は行人の安全を守護する路傍の神である。中国伝来の神であるが、日本の原始的呪物信仰「さえ（障）の神」と習合された。障の神は塞《さい》の神、障りをもたらす悪霊の進路を塞ぐために村境に置かれた呪物である。つまり旅人を守護するために道祖神を祀る「危なき場所」とは本来的に〈境界領域〉―生（詩）の慣性的安定が危機（死）に曝《さら》される場所―なのだ。危うきに遊ぶ心が「涼しきものよ」とうそぶく。道祖神に自ずと芭蕉が重なる。メタ俳句として読みたい句である。

子の四肢横抱き後《うしろ》髪《がみ》消ゆ五月闇　昭40

母親は何に血相を変えているのか。それは日々の生活を織りなしている具体的なインタレストであるに違いない。自体は生活的次元のことでしかないのに、句は何か生の根元的な悲劇性といったものを感じさせる。鬼子母神の磁界にいるような印象を覚える人もあるだろう。情景には否みがたい〈既視感〉が伴う。それは句が深く生の〈かなしび〉に届いているからではないか。作者自身「他奇なきこの一情景、ゆくりなくも、我を出家遁世《とんせい》の契機たり得なむ底《てい》の測りしられざる寂寥《せきりょう》感のうちに沈ましめたるなり」と前書を付している。

星どちのえにしの糸や星月夜　昭40

夜空にきらめく星々は想像力の糸で結ばれて「星座」を作っている。「えにしの糸」はむろんその想像力の糸であって、実在的な脈絡ではない。視野のなかに「星どちのえにし」を取り結ぶのは人間の精神、いやむしろ魂である。心の動き自体へと句の思惟は集中している。それがこの句の深さであろう。星座を最初に作ったのはメソポタミアに文明を築いたシュメール人、そのとき二十四個だった星座は今は八十八個を数えるそうだ。星座の数は今後どうなるだろうか。宇宙時代というが、暮らしの中で人間はめったに空を仰がなくなった。

蒼きまで玄《くろ》きまで濃き寒肥や　昭40

寒肥は言うまでもなく寒中に農地や果樹などに施す肥料のこと。かつては下肥など自然肥料が主体で、臭いや衛生上の問題はあったが、その反面エコロジカルな循環は健やかだった。掲出句の寒肥が下肥であることは明らかだろう。「蒼《あお》き」も「玄き」も「濃き」もみな熟成の度を物語る語である。農の営みの懇篤が思われているのだ。他方、「蒼」も「玄」も空にかかわる色であることに留意しておきたい。農は天と地の循環を生きる営為であり、その本質は昔も今も変る所はない。だが、今、人知の倨傲《きょごう》はその農をさえ蝕《むしば》んでいる。

菊の香や騒人常に苦味《くみ》の中　昭40

騒人は〈風騒の人〉の意で〈騒人墨客〉という四字熟語があるように詩歌（や書画）をたしなむ風流人のこと。〈騒人〉はもともと屈原《くつげん》（前三世紀）の自伝的長編叙事詩「離騒」の作風を範とする詩人を言った。詩は屈原の生い立ちから始まり、讒訴《ざんそ》されて楚の朝廷を去り、汨羅《べきら》に入水を決意するまでを語る。風流という語は風化して、現実遊離の趣味的スタンスと観念されがちだが、実は生の深い憂愁を根拠とする。「常に苦味の中」は詩とは危うきに遊び、生の根源的な悲哀から目を逸《そ》らさぬ覚悟であることを喚起するフレーズだ。自画像か。

霜遍満同志以外弟子在るべからず　昭40

この句の前に〈弟子を頼みの衰褪詩人咳《がい》一咳〉があり、二句併せて「或る経験」と前書する。何か世俗的栄誉を受けた俳人への嘱目的批判と思うが、詮索は措《お》く。掲出句はその刃《やいば》を己に返す。俳句は極端な短さゆえに、〈芸〉（個のいったんの保留）を要請する。よく師系が話題になるのもその徴《しるし》だろう。だが千篇一律の結社作品を眺めていて、俳句の〈型〉が墓石に似てくるのに慄然《りつぜん》としたことはないか。遍満の霜は詩境の厳しさの暗喩。荒野に立つ詩父と詩徒の同志的連帯にこそ座の精神の本然を求めるマニフェストとして読みたい。

暮鳥一群更に納めて春の楠　昭41

楠は常緑高木の中でもとりわけ生命力を感じさせ、天然記念物クラスの巨木も少なくない。楠を塒《ねぐら》にしている鳥がいるのだろう。夕風に光る葉叢《はむら》にその群が吸いこまれる。そこへまた新たな一群がきて吸いこまれる。すでに幾許《いくばく》の群を葉叢は吸いこんだであろうか。一本の大樹よりも、幾本かの太い幹が大きな樹冠を空に捧げている群生をイメージしてみた。中句の包容力の大きさを一杯に拡げてみたかったからだ。眠りは死の模倣―とりわけ鳥の眠りは……。目覚め（再生）の輝きを秘匿して、やがて樹冠は闇に融《と》けるだろう。昭和四十一年一月発表。

雫《したみ》へ置けば辷《すべ》る盃柳川鍋　昭41

俳句は実に不思議な詩で、何のへんてつもないことを何のへんてつもなく叙して、それで面白いということがある。ばかばかしさと紙一重の処でそれがものを言うには、人情の機微にとどく何かがあるのでなければならない。〈俳〉という諧謔《かいぎゃく》は、そのレアリテ（真実感）への、認識の頬ずりである。「したみ」は升や銚子からこぼれて溜った酒。そこへ盃を置くと、盃は手元からツーと滑って逃げる。自然法則の人間に対するアカンベーだ。〈俳〉は万物の尺度たる人間がモノに支配されるのを自ら笑うことで、自らの自然への優越を回復する。

親雀荒壁の面《も》に仮停《かりと》まり　昭41

生の営みのいじらしさを滲ませる句である。その効果は多分「荒壁」と「仮停まり」から来ている。「荒壁」は「粗壁」、藁を混ぜた土で粗塗りをしただけの壁である。野良の掘立小屋か粗末な厠《かわや》か、地面から垂直に立ち上がって屋根を支えているが、上塗りを施していないので大地との一体感が強い。雀の地味な羽色にもよく馴染《なじ》む。子雀に餌を運んできた親雀が、一瞬、子雀との間合いをはかるように粗壁に爪をかけて止る。一見不器用とも思える「仮停まり」が草田男独自の身体性の具現。いたく雀に適《かな》って、生態の真実を穿《うが》つ。

夏立ちぬ筏の上の雀たち　昭41

伐《き》りだした木材を流送するために組まれた筏《いかだ》であろうか。その上に雀が下りて嬉々《きき》と戯れている。筏師の姿はない。よく晴れた立夏の朝の嘱目だと思うが、何のへんてつもない素描がいたく琴線に触れる。だが、その間の消息を言葉にするのは難しい。雀には孔雀の華やかな容姿もなければ雲雀の美声もない。いわば庶民性の具現のような鳥である。それが俄《にわか》に輝くのはどうしてなのか。雀に詩の〈翼〉を与えているのは空間を大きく垂直方向に開く「夏立ちぬ」の働きであるに違いない。筏の雀はこの季語に抱擁されて無心に戯れる。童心の草田男！

百日紅泣くとはいへど鳴く赤児　昭41

人間は「泣く」が、鳥や獣は泣かずに「鳴く」。葬儀のときなどに雇われて泣く職業（＝泣女）があることからも分るように、「泣く」は文化的な現象である。まだ文化的コードの網目の外にある赤ん坊には、「泣く」よりは「鳴く」がふさわしいと言うのだ。「鳴く」は自然と相即だが、「泣く」は自然に対して過剰である。アダムの罪から「泣く」が人類に入った。まだ欲望の悪循環から自由な赤子は、いわば発生的に〈原罪以前〉を経過中で、いま、赤々と百日紅《さるすべり》が燃える夏、力いっぱいその〈無垢〉を「鳴」いているのである。

水を読むかに泉辺の老《おい》耽読　昭41

〈耽読〉か否かは他人には知り得ぬことだから、泉辺の老人は作者だ、という解釈があった。それなら「水を読むかに」は一種のナルシシズムになるが、その方がよほど耽読と相容《あいい》れまい。まずは他称の句と見るべきだろう。対象との位置関係から、老人が水面の白い反射（自然という書物の頁）に読み耽《ふけ》っているかのように見えるのである。文字に書かれた人知の世界を支えるように、自然の頁が披《ひら》かれてある。この愚ろな世界の構図のなかで、「水を読む」は魂の〈観入〉を象徴する言葉として働く。句は客観の果てで主観へ抜ける。

床の虫抽斗多き家なりしよ　昭41

薬種問屋の店先か旧い民家の箱梯子《はこばしご》の辺りに、ウマオイなど秋の虫がきて長い触角を動かしている。昔懐かしい日本の風景だ。だが、なぜ詠嘆をこめて、詩のことばが〈抽斗《ひきだし》〉に執着するのか。句の深層をひたす寂寥感は単なる懐古ではあるまい。草田男は〈生〉の驚きによって絶えず知をゆすぶられ、反復のうちに世界を更新し続けなければならない精神であった。〈分類〉は生活の統御に欠かせないが、〈生命〉的なものはついに整理箱の秩序に還元できない。〈虫〉と〈抽斗〉の遭遇に存在のイロニーを見ている澄んだ眼がある。

泳げる鳥の脚見ゆるこそ清水なれ　昭42

シンクロナイズドースイミングの脚の動きを水中カメラで捉えた映像を見て、胸を打たれたことがある。この句を読みながらそのことを思い出した。水が清く澄んでいるので普段は見落としている蹼《みずかき》の動きが見える。泳げる鳥を詩、水の抵抗を詩の〈エレメント〉である言葉に置き換えてみると、この句は詩の自己言及〈メターポエジー〉として読める。蹼の動きは作詩の営為である。俳句も定型という言語的抵抗が働いてこそ自在な遊弋《ゆうよく》が得られる。抵抗が推力を生んで感動が言語的に全うされる機微を詩人草田男は〈許され〉と呼んだのだった。

泰山木咲きて法王常に老ゆ　昭42

生は刻々と死へ歩む。その真実が〈老ゆ〉であり、生理的な加齢としての老人性ではない。処世論的な意味での〈老熟〉でもない。人間の存在論的条件こそが問題なのだ。人間は死の運命と、それを超えた価値要求との相反によって規定されている（それが信仰の普遍性の根拠である）。その相反の悲劇性が教皇において信ゆえに朗々と生きられるのでなければ、恐らく司牧は成り立つまい。〈権利的〉な意味で教皇は〈人間〉の本質を担うのである。「法王常に老ゆ」はそれを含蓄する。純白のパラドックスを光に展開する泰山木は教皇の見事な象徴と言えるだろう。

爪を活かして解く小包や汗すがし　昭42

人間を定義して〈ホモ－ファーベル〉（工夫する人）ということがある。人間は道具を媒介として自らの〈意志〉を〈世界〉に代置する。その置換の総体が〈文明〉であるが、それは知の傲慢の体系となりやすい。だが、道具の使用は人間の切なさの象徴でもあり得よう。神に道具は要るまい。発明を動機づけているのは爪程にも小さな身体的条件である。その自省を追い詰めた所で恐らく人は超越的なものと出会う。「爪を活かして」に漂うペーソスはそこに根を持つ。決してスマートとは言えない措辞が豊かな語りをするのはそのためだ。

何の現《うつつ》の一《いっ》枝《し》か咥《くは》へ鶴渡る　昭43

鶴の渡る姿など滅多に見られない。見れば夢幻的な陶酔に誘われる。「夢うつつ」という結合にたぶらかされて「うつつ」を夢心地の意に用いることがあるが、この誤用はなかなか味わい深い。掲出句の現はその含蓄を濃く滲ませながらも、明確に夢の対極としての現実である。現世の木の枝をくわえて、夢の国から飛来するもののように一羽の鶴が空を渡る。作者は〈個々一切事〉の在る地上に佇《たたず》み夢幻（無限）からの使者を仰ぐ。鶴の嘴の一枝には詩人の魂が仮託されている。浪漫的憧憬と存在認識との結び目に成った句と言えようか。

蛍のにほひこは竜神と母のにほひ　昭43

秦の始皇帝《しこうてい》は自らを祖龍と称したそうだ。また劉邦《りゅうほう》の母、劉媼《りゅうおう》は雷鳴の轟く暗夜に竜と交わって身籠り、高祖《こうそ》を産んだと『史記』にある。古代中国において、竜は帝王の威信を誇示するための象徴的霊獣であった。その大陸の竜が日本に入って蛇（水神の象徴）と習合し、竜神となった。蛍のにおいに竜神と母のカップルを喚起するこの句は、豊かな象徴世界を背後の闇に沈めている。改まってフロイトを持ち出したりするまでもなく、草田男が母性的なものに寄せる濃《こま》やかな心情を想起すれば、竜神は自ずから父性的権威の象徴であろう。

赤き放心需《もと》め紅葉の旅に出づ　昭43

疲れた身と心を野山の紅葉の中に解き放って、骨の髄まで真っ赤に染まっていたい。そう思って旅に出る。いちおうそれだけのことだが「赤き放心」のパラドックスを看過してはならない。燃焼と休息、奔命の激しさと諦念の静かさが一つになっている魂のたたずまいである。燃え上がる炎の透明な静謐のなかに浮遊する生のかなしび。存在憧憬に動かされている魂だけが知る〈やるせなさ〉と言ってもよい。句は単なる自然風景ではなく認識の風景を指向する。「夕日のはなやぎ日毎眺めて冬籠」（昭和四十二年）にも同じ「赤」が認められるだろう。

二人居るごとく楽器と春の人　昭44

草田男が自ら浪漫派の血脈につらなることを反芻《はんすう》しているような趣の句である。「春の人」に人間のように添うている楽器はチェロであろう。楽器の形態と大きさからそう思える。チェロは音色もふかぶかとして、優しさと思慮に満ちた包容力の大きい人間の声を思わせる。かつて私はこの句に唱和する気持を籠めて〈抱擁のなりに弾くチェロ受難節〉という句を作ったことがある。何か深い痕跡を残して心を過《よぎ》って行ったものがあるのかも知れない。その忘じがたきものとの隔たりの意識が、この句の眼差しを決めている気がしてならない。

己が犬歯で指嚙めば鋭《と》し蘆青し　昭44

犬歯は糸切歯、食肉獣でいえば牙に相当する歯だ。そっと指を嚙《か》んでみると鋭く尖っていて、人が動物に属することを意識させる。青々と眼にしみるように茂る蘆が命の輝きを湛えてペーソスを際立たせる。それにしても上句・中句はまったく余人の追随を許さない。掲出句のすぐ後には「親指で日灼《ひや》けの四指を次々撥《は》ね」が置かれているが、そのほとんど愚直と言いたいほどのやるせなさは〈ラザロの眼〉を想起させよう。草田男の写生には予定調和への抵抗を担保する趣があり、それが作品に独特の〈身体性〉を与えているのである。

夏鷹母子の鳥瞰景中歩を拾ふ　昭45

浅間山山麓真楽寺近傍で鷹の母子の飛翔訓練を目撃して得られた八句の冒頭句。この古刹周辺は軽井沢千ヶ滝の別荘で夏の休暇を過ごすのを慣わしとしていた草田男が好んで散策した所で、境内には竜神伝説の泉が湧出する。〈泉辺のわれ等に遠く死は在《あ》れよ〉（昭和十四年）の名唱を生んだ泉である。「われ等」とは若かりし日の作者夫妻。さて、掲出句は、鷹を見上げる視線が反転して、見上げる草田男自身を鳥瞰《ちょうかん》のもとに置いている。あたかも自意識の鏡の無限の反転効果のうちに鷹と詩人がエネルギーを交換しあうように。

赤児怪《け》訝《げん》げ灯の青芝に腹這はされ　昭45

幼少のころから世界の総体が量り知れないふしぎに満ちて迫り、他の同齢の子供のようには割り切って対応することができなかったと、草田男はあるエッセーに書いている。〈割り切る〉とは端数を出さないこと、世界の常識的整序からはみ出さないこと、言い換えると〈おどろく〉能力を眠りこませることである。そういう訓練の末にみんな大人になる。さて、赤子が照明された芝生の上に腹這いにされて、ふしぎそうな顔をしている。珍しい光景ではない。幼児のあどけなさを大人は祝福するが〈怪訝げ〉の存在論にはなかなか想到しない。

Ⅲ　晩年の草田男

――向性の正と負（講演2）

二〇〇五年八月、舞子の大会でわたしは「草田男のまなざし」と題してささやかな俳話を試みましたが、あのとき〈まなざし〉と呼んだものは、平たく言えば、詩人のたましいによって深度と方向性とを与えられている視線のことです。むろん発端からそうなんですが、とりわけ晩年の草田男世界のキーワードは〈まなざし〉であって、〈まなざし〉を余所《よそ》にして草田男の理解はあり得ないとわたしは信じております。

ところで、その後、フランスの尖端的な批評家ロラン・バルトの『表徴の帝国』という俳句への考察を含む日本文化論の翻訳紹介者としても知られる宗左近《そうさこん》という詩人に中村草田男論があることを知りました。論といっても、四ページ足らずのごく短い文章（東京四季出版『さあ現代俳句へ』所収）です。左近氏の所論はわたしにとってある意味で衝撃的かつ感動的な体験でした。というのは、舞子の俳話で話題にした成田千空・原子公平の対談で公平が口にしていた晩年の草田男作品の独善性に対する批判を、この詩人はきわめて極端なかたちで、褒貶のコントラストを際立たせて言ってのけているからです。その意味で、わたしにとりましては「草田男深耕」の継続をいっそう強く動機づけてくれる契機になりました。それだけではありません。わたしたち自身もそこに含めて、俳壇の草田男評価を見ますと、せいぜい句集『萬緑』位までで、後はえっちらおっちらとしか理解がついていっていない。そういう評価の偏りを詩人の草田男論は、期せずして権利的に代弁することにもなっている。そこで、今日のミニ・レクチュアを、その所論の紹介から始めることにいたします。

左近氏は草田男の詩的道程を大きく三つの時期に分けて考えています。と申しましても、時期区分は必ずしも明示的ではなくざっくりしたものなので、あくまでも一応の目安としてですが、こちらで整頓して提示しておきます。先ず昭和十一年から昭和十四年、草田男三十五歳から三十八歳まで、これを句集の刊行年でいうと、第一句集『長子』から第二句集『火の島』に至る時期です。これに昭和十六年、四十歳の時に出た第三句集『萬緑』を加えて、その辺りまでを仮に第一期として括っておいてよいでしょう。因みに『長子』は昭和四年から昭和十一年に至るホトトギス雑詠句を中心とする作品を春夏秋冬に分類して編まれ、『火の島』には昭和十一年から昭和十四年に至る作品が収録されております。『萬緑』は『長子』と『火の島』から抜粋された作品約二百四十句に、これとほぼ同数の『火の島』以後の作品を加えての編纂、その構成から草田男自身は「半ば私の第三句集」と称していました。左近氏がこの第一期をどう見ているかは先に行ってもう少し詳しく紹介しますが、ここで先取りして言いますと、「芭蕉も凄かったが、草田男も凄かった」と評している時期です。

次に「昭和十七年辺りから戦後にかけて」の時期、句集で言えば昭和二十二年(四十六歳)刊の第四句集『来し方行方』を中心とする時期です。この句集には昭和十六年から昭和二十二年までの作品が収められています。もう少し拡げて、昭和二十八年(五十二歳)刊の第五句集『銀河依然』あたりまでが第二期と見られていると仮定してよいかと思います。『銀河依然』には昭和二十二年から昭和二十七年までの作品が収められていますが、左近氏の言う「凄さの薄らいでくる」時期、凋落《ちょうらく》の兆す時期がそれにあたりましょうか。

次いで第三期ですが、これは第六句集『母郷行』(昭和三十一年刊、五十五歳)、第七句集

『美田』（四十二年刊、六十六歳）に始まり、（句集名には言及されていませんが）第八句集『時機』（五十五年刊、七十九歳）を経て昭和五十八年（八十二歳）の死去に至る時期、つまりは「戦後の、ひいては作者の晩年の……」として一括されている時期です。「衰頽《すいたい》」という烙印《らくいん》のもとに断罪されていますが、その内実は起伏に富んだ長い期間です。なお、左近氏の草田男評価には顧慮されていませんが、『母郷行』と『美田』との間には、草田男晩年の詩的道程を卜《ぼく》する上で看過できない意味を持つ二度目のラザロ体験（昭和三十六年、六十歳）があったことを付言しておきます。

以上の三つの時期のそれぞれについてどう見られているか、検証してみることにしましょう。第一期は『長子』から〈玫瑰や今も沖には未来あり〉〈秋の航一大紺円盤の中〉〈曼珠沙華落暉《らっき》も蘂《しべ》をひろげけり〉〈月光の壁に汽車来る光かな〉〈冬の水一枝の影も欺かず〉〈降る雪や明治は遠くなりにけり〉等々、八句があげられています。『火の島』からは〈妻抱かな春昼の砂利踏みて帰る〉〈炎天や鏡の如く土に影〉〈冬濤《なみ》の湧かんかあはや鷗発つ〉〈火口一つ四方《よも》の洋《うみ》より雲の峯〉〈萬緑の中や吾子《あこ》の歯生え初むる〉など、同じく八句が引かれていますが、草田男の代表作として人口に膾炙《かいしゃ》している句はほぼ網羅されているのが印象的ですね。評言をそのまま紹介しておきます。

これらの作品群は、すべて昭和十一年から昭和十四年にかけてのもの。いずれも、明るさが透っている。強く、広く、すこやかに、そして巨《おお》きく。詠まれている世界が、そのまま、宇宙の落とす影を受け止めて、耀《かが》よっている。光の粒子をきらめかせて。

じつに、感動する。

ここには、気配としても、神は現出していない。しかもなお、生きものと物象が集まって、祝祭をおこなっている。まるで大気の一粒一粒に小さなネオンを点《とも》して、そこに静かな酩酊がある。ゆれない眩暈《めまい》がある。世界が硬質なガラス絵となる……。（中略）

……自然を生み出した創造主の、その心がそっくり働き出した動き、それと同じなのである。それが神にかわって、作品世界を支配している。だからこそ祝祭、それが行われるのである。作品に人間が現れていないのは、そこが聖の極みであることの証なのである。

芭蕉は凄かった。しかし、これらの作品群の草田男も凄かった。改めて、そう思う。


少し前後しますが、『長子』『火の島』からの引用に先立って草田男の作品世界が簡潔に概括され、論は例句の引用を承《う》けて右に引いた評文へと展開しています。その概括に相当する文は、こうです。

——この俳人の世界は、時空が大きく展《ひら》けている。闊達《かったつ》である。停滞がない。しめっていない。わたしの造語を使えば明透である。ただし、透明とはいえない。

「明透であるが透明ではない」とはどういうことなのでしょうか。明るさが透徹していて、晴朗感が支配している。陰翳礼賛《いんえいらいさん》的な湿潤とは異質の「神話的な明るさ」が行きわたっている――「向日性」と言いかえてみても見当外れではなかろうかと思います。「気配としても神は現出していない」と評されていますが、要するにニーチェ的な（あるいはランボー的な）〈祝祭〉と〈聖性〉の作品空間が達成されているということでしょうね。つまり作品じたいが、造物主（創造性そのもの）が主宰する神聖劇の劇場であって、その舞台で祝祭が行われているというのです。「作品に人間が現れていない」というのは、ちまちまとした人事句とはちがって、エクリチュール、つまり書き方そのもの、文体じたいが人間の在り処だということです。左近氏はロラン・バルトの紹介者、文学の考え方にその深い影響があることをご本人も隠しておりません。左近流に理想化された草田男像が結晶している。「じつに、感動する」とはそういうことでしょう。

もっとも、明透だが透明ではないというけれども、『長子』から範例として採られている〈冬の水一枝の影も欺かず〉は透明そのものではないのかという反論があろうかと存じます。しかし、この句を読むと、透明じたいが見つめられていて、それを見つめる眼（まなざし）が、明るく透っているという感銘がありますね。〈月光の壁に汽車来る光かな〉についても同様のことが言えそうです。句に影が落ちていても、その影は宇宙そのものの影という左近氏の感受は、批評というものがもたらし得る感動を読む者に実感させてくれますね。初めて評文に接したときは、左近氏の口真似をして、わたしも〈じつに、感動する〉と言ってみたい気持でした。

しかし、三十歳代の若さで草田男が「聖の極み」である祝祭空間、つまり詩歌の絶頂に到達していたということは、そこにいささかの誇張があるとしても、ただならぬことと言わなければなりません。「聖の極み」ということは、そこで時間（歴史）が停止するということでしょう。そこでなお歴史が持続するのであれば、あとは凋落しかないということになりますね。左近氏の論理は実に首尾一貫している。後は一瀉《いっしゃ》千里です。いきなり没落の時間がはじまります。「……これらの作品群の草田男も凄かった。改めてそう思う」という結語を承けて、「しかし、昭和十七年あたりから戦後にかけてその凄さは薄らいでくる」という言葉で第二期が開始され、次の七句が引用されます。〈絶壁の端の鶏頭の朝日燃ゆ〉〈富士秋天墓は小さく死は易し〉〈白鳥といふ一巨花を水に置く〉〈白桃や彼方の雲も右に影〉〈炎天の瞳細まりて昏《くら》し虎〉〈ひんらりと仔馬西日の閾越しぬ〉〈鷹消えぬはるばると眼を戻すかな〉。すべて『来し方行方』からの引用ですが評言はまことに短兵急、あっけないほど短いものなので全文を示しておきます――

> どうやら、作者は光の凝視を止めてゆくようである。ここにあげた最後の句をもじっていうなら、「光消えぬはるばると眼を戻すかな」となりそうである。だが、戻した眼はどこに向ければよいのであろうか。

戻した眼はどこに向けられるのか。むろんそれは自らの内面への〈まなざし〉となるでしょう。引用句がすべて適例であるとは思いませんが、なかには深い象徴性を蓄えてそのことを暗示している句がありますね。例えば〈白桃や彼方の雲も右に影〉―同じ一つの光源から放射される光が、近景の白桃と遠景の雲、それぞれの同じ側に影を投げかけている。白桃と雲とが光と影のコントラストを共有して、世界の一つの秩序・調和に与《あずか》っている。しみじみと自然の摂理を感じさせる、くっきりとした秀句ではありませんか。

第三期には、『母郷行』と『美田』から例句がとられ、この二句集で衰頽が決定的になると見られていることを覗《うかが》わせます。補足すると、『母郷行』は昭和二十八年と二十九年の作品を、そして『美田』は昭和二十九年から三十三年までの作品を収録する句集です。前者からは〈状受けに秋日すべらす状斜め〉〈両手組めば握手に似たり雪降りつぐ〉〈啞蟬や父母歿後そして父母未生〉の三句、後者からは〈真直《ます》ぐ往けと白痴が指しぬ秋の道〉〈遠望無し冬霧に揺れ一炊煙〉〈くすぐるごとき哀歓の雪降り初めぬ〉〈向日葵や妻をばグイと引戻す〉など六句が採られていますが、断罪は容赦ない――

これらの戦後作品群によって見てとれるのは、作者が「遠望」を無くした、ということである。向日葵のような明るさを前にしては、妻だけではなく自分自身を、「グイと引戻す」ということである。くすぐられて、「哀歓の雪」のなかに降りこめられるということである。

追い打ちをかけるように、こうも書かれています――

いま挙げたのは、戦後の、ひいては作者の晩年の、そのなかでのたいへん数少ない佳作なのである。ほかはすべて、見るに堪えない。目をおおうほかはない。

「聖の極み」から「目をおおうほかはない」奈落への墜落！「なぜ、この衰頽か」―それは草田男が全一性を念願としてとった〈超時空〉の方法がいつか無効化してしまっていることに本人自ら気づかなかったからだと書かれています。しかし、無効化を言うには、むろん印象や直感はとても大事ですけれども、それだけでは御託宣に終ってしまいます。「草田男深耕」で全集第五巻の句を読みこみながら、晩年の内面世界をうかがっているうちに、十把《じっぱ》一絡《ひとから》げのラディカルな断罪には何か重大な失当があるのではないかと思われてきたのです。

草田男の文学の歩みが〈向日性〉から〈やるせなさ〉へと翳《かげ》りを深くしてきているのは事実です。それでは若き日の向日性をなくしてしまったのかというと、そんなことはない。翳りの背後にはいつもピタッと光が貼りついている。凋落と見えたものは、実はある要素の深まり、次元を高めた上昇への兆しとして把えなおさなければならないのではなかろうか。「光の凝視を止めていく」などと書かれていましたが、指摘されている事態はいちおうその通りであるとしても、光（＝絶対）は凝視できないという感覚が絶対の探求者である草田男の内部に、生ける生活感情として覚醒してくる―その過程の反映としてそういう印象がある。詩人としての歩みの発端から、当人にさえそれと明瞭には意識されぬまま、向日性の背後にピタリと貼り付いていた影の部分（背光性）が徐々に今生の「やるせなさ」として滲み出して来るということです。樹木で譬えるなら、枝ばかりでなく幹を支えている根ばかりへの関心が大きくなってくる。人間存在が光と影という個の全一的構造として把握されてくる。そういう見通しを失っては評価を誤ることになるのではないか。

全集第五巻でも、その抜粋である『大虚鳥』（運営委員会編第九句集）でも、掉尾を飾る一句は〈折々己れにおどろく噴水時の中〉です。内容からしても、草田男の歩み全体がそこに凝縮されていると見てよい作品ですね。舞子では少し控えめな言い方をしましたが、これは明らかに思想詩・形而上詩です。少なくともそういう視点から読まないことには理解が底に届かない。なるほど初期の神話的な明透そのものの世界はないかもしれませんが、内容はうんと豊かに且つ深くなっています。地上的存在の生の崇高と悲傷とをみごとに形象化し得ている畢生《ひっせい》の秀句だと思いますね。これがいきなり成就されたかというと、そんなことはない。晩年のくずほぐれつの言語世界全体は、傍目《はため》にいかにぶざまに映ろうとも、この絶唱にむかって収斂《しゅうれん》していると言っても過言ではありません。凋落が決定的になり始めるとされていた句集『美田』のなかに既にこんな句がありますよ――〈己を突如見つけし声に揚雲雀〉。雲雀がハッとしている。むろん草田男じしんがハッとしているわけですけれども……。これはもうはっきりと〈折々己れにおどろく……〉の予兆、先駆けと言える句ですね。このように回顧的に透視の視座を提供している句は、ここでいちいち例示する余裕はありませんが、一般に思われている以上にたくさんあります。ていねいに観察すれば、第一期の明透の裏にひそかに貼りついていた影の部分へと透視の射程が延長され、早い時期の作品の読みかたをいっそう深いものにしてくれるはずです。最晩年の、嶮《けわ》しい岩場のような非完成の作品世界はたしかに辿るのに骨が折れますが、それだけに一再ならず生全体の眺望が展ける場所に出たときの歓びは大きい。死の瞬間に至るまで、「見るに堪えない」と言わしめるようなぶざまさと引き換えに、呻きながら探求され続けたものは何であったのか。とにかく、愛がなければ認識そのものが成り立たないような境域へと詩人としての歩みを深めていた晩年――草田男はついに老熟とは無縁の人であったと思います。

長くなりましたので、そろそろお終《しま》いにしなければなりません。たくさんお話ししたいことはあるのですが、最後に少しだけ、草田男のオノマトペについて触れておくことにします。実をいいますと、この大会で松山に来る機会に、例の〈チンチク・チンチク伊予国松山秋落日〉の、句枕といいますか、詠まれた場所を探してみようなどと愚かなことを考えておりました。ところが〈チンチク・チンチク……〉は昭和四十九年、草田男七十三歳の作ですね。その十年ほど前（昭和三十八年）に松山で全国大会が開かれ、大会の解散後、草田男は松山中学時代の回覧同人雑誌「楽天」グループの仲間と、曽遊の地、松山沖の中島を訪れて〈一度訪《と》ひ二度訪《と》ふ波やきりぎりす〉という句を残していますが、実はこのときが草田男の松山帰郷の最後だったのですね。それから昭和五十八年の死去〈八十二歳〉に至るまで、一度も松山の土は踏まれておりません。だから〈チンチク・チンチク……〉の句枕など、いくら探しても見つかるはずはない。あれは臨場の写生句ではなくて、むろん過去のさまざまな実体験の蓄積があってのことですが、時間の濾過《ろか》作用を経て結晶した作品ということになります。つまり文学的次元において成就されている典型化、そういう性格が草田男のオノマトペには指摘できるのではないかと思うのです。気をつけて調べてみると、実に草田男はオノマトペの天才ですね。〈チンチク・チンチク……〉の他にも〈白馬すずし振り尾鳴り次ぐササラ・ササラ〉〈青葉若葉ほうと明めて日は味爽《まいそう》〉〈細工物コクリと成就刃物すずし〉などといった余人の追随を許さないオノマトペの傑作を全集第五巻から拾うことができます。すでに〈寒の暁《あけ》ツイーンツイーンと子の寝息〉(『来し方行方』)、〈厚餡割ればシクと音して雲の峰〉(『銀河依然』)などといった傑作が衰頽の兆すとされている時期にみられることにも、もっと注意が払われて良いでしょう。ここでは詳述できませんが、草田男の詩句の顕著な特徴のひとつに〈身体性〉があります。独特の身体感覚が作品の柱となっているということです。その感覚を日常的な直接経験の素朴さのうちに放置しないでそれに文学的地歩を与える、その志向の端的な表れがオノマトペにあると思うのです。そこに身体的なものから形而上的なものへのひそかな通路が整えられていくのではないか、そうわたしは見ております。では、ここで措くことにいたします。長時間、ご静聴ありがとうございました。

Ⅳ

草田男深耕2

昭和46年〜58年の作品を読む

蝸牛《ででむし》睡るいのちの膜の殻の口　昭46

世界を真似るのではなく、世界をして語らしめなければならない。〈描写〉という技法的概念のうちに見失われがちだが、〈見る〉ということは、眼が世界を世界の内側から生きることである。画家は見ているものから逆に見られているという経験について語るが、つまりはそのことだ。蝸牛《かたつむり》は、外気が乾燥すると殻の中に身を縮めて薄い膜を殻口に張り、組織を防護する。凄いことである。掲出句の「睡る」と「いのち」とに、自らに瞠目している世界が感じられないか。換言すれば〈見る〉とは世界があなたを眼として自らを見ることである。

青蘆よ異郷にパスカル読む吾娘《あこ》よ　昭46

昭和四十五年秋、草田男の三女・弓子はフランス政府給費留学生として、二年間アミアン大学に学ぶため渡仏した。愛娘に想いを馳せる句が幾つか残されているが、これはそのなかの代表的な一句。〈人間は考える蘆である〉という言葉でよく知られているパスカルの思想は、現世のいわば〈異境性〉の徹底的な認識によって規定されている。ぎりぎりの形で信仰が問われるのはそのためである。異邦人として異郷にあって、吾娘は実存の異境を学んでいるのだ、という感慨から生まれた一句だ。「青蘆よ」は若き〈考える蘆〉としての吾娘への呼びかけである。

人の身ひとたび寝ざるべからず蛍籠　昭46

「子供心に夜半なるにほひ蛍籠」「蛍籠未来茫々三歳児」などの句がこれに並ぶ。このとき三歳だった二人の孫の〈蛍体験〉に自らの幼児追懐を重ねた句と一応は言える。幼児の潜在意識（未知へのエロス）を蛍闇に読みとることも可能だろう。だがそれだけのことなら「人の身ひとたび寝ざるべからず」は大仰にすぎる。ゲッセマネでイエスが悲痛の祈りを捧げている間ペテロは眠った。ここで詳しく説明する余裕はないが、その〈眠り〉への省察が深い支えとしてあるように思える。因みに、同じ頃の作に「蛍火闇に沁めども闇は知らざりき」がある。

蛍火闇に沁めども闇は知らざりき　昭46

推測だが、このころ草田男は、パスカルの書いた最も美しい断章の一つ「イエスの秘儀」に深く親しむことがあったのではないかと思われる。断章はあのゲッセマネの夜の心情的追体験である。イエスが人間の側からの慰めを求めたのは全生涯でこのとき一度だけだった―とパスカルは書いている。イエスが求めた慰めとは、彼が祈っている間、弟子たちも目覚めていることだった。だがペテロは眠る。絶対的孤独者イエスの祈りは蛍火のように義人ペテロの眠りの闇に沁みるばかりである。句は〈断腸のイエス〉という断章中の一句を想起させる。

詩人の妻学者の母ぞ冬泰かれ　昭46

草田男は特別の意味をこめて自らを詩人〈Dichter〉と称していた。「学者」とはフランスのアミアン大学に留学して研究に従事していた三女弓子。「詩人の妻学者の母」とは草田男夫人・直子《なおこ》その人に他ならない。音楽的才能に恵まれていたが、ピアニストとしての道を歩むことを運命は彼女に許さなかった。音楽は幾何学的精神（学者）と繊細の精神（詩人）とを統合する一形式と言えようか。音楽家を断念したとはいえ直子の人生は妻・母としてその統合に輝いていると句は言いたいのであろう。紛れもなく妻への頌歌であり、祈りである。

コップに薔薇空気の中の水満てて　昭47

薔薇の花はどんな色であってもよいわけだが、私の想像は真紅に落ちつく。はっきりと自己主張のある形象はその薔薇のほかには何もない。磨かれた薄いガラスのコップはある。しかし、その透明な器は、透明な水を透明な空気のなかに保持する役割に徹して、光のなかにきらきらと融けこんでしまっている。いまや空気からじかに提供される光の器に水は満たされて、目覚めのエネルギーを真紅の花へと上昇させている。光の構造のなかに泛《うか》ぶ瑞々しい生命体。「空気の中の水」というフレーズのもつ強い〈異化〉の力に注目したい。

冬の山鳩かの二山もまろき頭《づ》ぞ　昭47

昭和四十七年十一月発表。初出は〈山鳩やかの冬山もまろき頭ぞ〉（四十六年三月）であった。因みに四十六年には〈立春の雨や山鳩二羽で来し〉（七月）、〈山鳩二羽の遊歩を縫ひて蜆《しじみ》蝶《ちょう》〉（十二月）があり、四十七年には〈冬日つつむ山鳩雌雄の豊胸を〉（十二月）、対象生物は異なるが〈冬蝶二つ縦に羽《は》たたみ身添へ合ひ〉（同）も見られる。草田男の心性的特徴に双数性を見るのは容易だが、双数性はむろん妻恋の徴候にとどまらない。〈愛〉は他者を必然の契機として要請する。それは草田男の到達したもっとも深い認識――〈許され〉の詩学――の基底なのだ。

砂川や十露盤玉の玉蜆　昭47

句には眼と同時に耳が働いている。蜆の形状だけでなく、収獲される蜆が触れ合う喜びの音にも、そろばん玉の比喩は支えられている。美称は浮つきがちなものだが、ここは〈玉蜆〉が命の謳歌《おうか》になっている。そして〈十露盤〉という表記を誘い出してもいる。〈そろばん〉の漢字は〈算盤〉が普通だが、この句には計算機能に即した算盤よりイメージの瑞々しい十露盤がふさわしい。なお、中村弘《なかむらひろし》氏は「砂川」に大きな箱形そろばんの「台座」を連想している（平成十二年「萬緑六百号記念」）。なるほどと思わせる。

冬の祈人黙し魚口うごく　昭47

日常生活を支配している言葉は効用によって意味づけ（＝方向づけ）られている。無心の祈りは生をがんじがらめにしている効用の外に出る。世の語りが「みなもてそらごとたわごと」（親鸞《しんらん》）だとすれば、沈黙は祈りを表徴するだろう。冬は極性の標識となる。沈黙しか吐かない魚の口の動きがこの句に強いリアリティを与えている。初期のキリスト教徒たちの間で、魚（ichthys）は救世主イエスのエンブレムだった（句がそれを意識しているというわけでは必ずしもないが）。窓を染める夕映えの色も見えてきそうな静謐の句である。草田男七十一歳。

枯芝や埴輪の唱《うたひ》部《べ》身は歌筒　昭48

円筒形の頭部に丸く目と口とをくりぬいただけの埴輪《はにわ》を見ていると、その素朴さは、世界にむかって「おお」と驚きの声を発しているようで、原初の歌唱を聞く思いがする。「埴輪の唱部」はそんな感慨から生まれたフレーズに違いない。「身は歌筒」には余人の追随を許さないものがある。歌筒という造語がいかにも自然で瑞々しい。才気とは異なる恩寵《おんちょう》的な深みから言葉が来ている。こみあげてくる〈歓喜〉を撥んで、句はいかにも草田男ぶり。「枯芝」と「埴輪」から成るいわば素焼きの世界を、歌声が青空に向って上昇する。草田男七十二歳。

昼顔無尽赤児あわてて乳を吸ふ　昭48

前にも指摘したことがあるが、幼児が無心の仕種《しぐさ》を通じて提起している〈存在論〉に草田男は鋭い感覚をもっていた。「あわてて」が非凡の一語である。赤子が乳房にむしゃぶりつく。突然の不安はわれわれの生が〈母〉なる土壌からの〈流離〉であることを暗示していないだろうか。そして／だから、生は〈母〉への帰還のプロセスでもあるのではないか。児を産むことで女は母になるが、性の相対を超えた存在の土壌そのものが〈母〉だ。子宮という即自的平安からの分離—白日のもとに曝された外部を象徴するかのように辺りは昼顔の大群落である。

蜂蜜甘く蝗ぞ苦きただ二た味　昭49

バプテスマのヨハネを想う句であることが前書から知れる。荒野の洗者はらくだの毛衣を纏《まと》い、腰には革の帯をしめ、〈蝗《いなご》と野蜜〉を糧としていた。野蜜とは何であろうか。「味のない」樹液のようなものとする解釈を見たが、合理主義的賢《さか》しらを感じる。詩篇には〈岩からの蜜〉とある。まだ養蜂《ようほう》を知らぬ時代の野生の蜂蜜であろう。蝗はぎりぎりの滋養源、それを天与の甘露と共に食す。「ただ二た味」はいわば極限。中間的な多様多彩を文化の豊饒《ほうじょう》とするなら、その価値の相対を問おうとする気息が窺え、句は信仰論的に帯磁している。

墓詣水面の樹影ただ迫真　昭49

一読「冬の水一枝の影も欺かず」（昭和九年『長子』）が思い出される。「ただ迫真」は「一枝の影も欺かず」のいわば光源に係わる。「ただ」とは何だろうか。「むらさきになりゆく墓に詣るのみ」（昭和三十年『美田』）という句もあった。「のみ」とは何だろうか。ミメーシス（写生）をつきぬけた彼方にあるものを名ざそうとすると、言葉は沈黙との境に立たされる。「ただ」も「のみ」もあらゆる言語表象の果てにある「ああ！」に限りなく近い。対象を見る眼に対象の彼岸が浸透してくる。それを訴えようとしての「ただ迫真」であろう。作者七十三歳。

北窓塞がず隠花植物常《とこ》眺め　昭49

冬に防風・防雪対策をとくに必要としない土地に住む人の身辺風景である。句はふしぎな黙示的効果を湛えている。シダのような植物が窓から見える。花も実もつけない緘黙《かんもく》な印象の植物だ。冬の淡い光に沈むその隠花植物がいつも視野にある。貧しい光量ながら光は皮膜のように対象を被い、世界はあたかもネガのようである。そのネガの〈不在と現前〉が草田男のまなざしを励起するのである。句には「或る存在の上を」という謎めいた前書がある。地上の光じたいが〈初めの光〉の影のようなものだと言っているように私には思える。

葭切や葭に責められ細おもて　昭50

生物の特性を質的に表すような生活環境をハビタット（生息場所）というが、オオヨシキリにとっては、アシの茂る水辺がそれである。細長い刀身状のアシの葉はザラザラとして鋭く、うっかりしごくと指を傷つける。このイネ科の多年草の群落こそがヨシキリの〈世界〉なのだ。生を育《はぐく》むものは同時に生を責めるものでもある。いかにもギョウギョウシは、やるせなくも細面ではないか。「葭に責められ細おもて」は詩に命を削る草田男の自画像である。〈写生〉が内側から自らを抜いて、詩人と言葉の関係へと読むものの思惟を誘う。

若竹や永遠《とは》に地上の赫映姫《かぐや》　昭50

草田男七十三歳の詠。「第四女、大学卒業、婚約成立」と前書のある四句中の一句。「この子、成蹊学園敷地内、藪に近接する地域にて生まる。われ正に竹取の翁にまがふ、五十一才、その折の子なりけり」と註が付されている。「地上の赫映姫」はむろん娘への頌歌であるが、そこには竟に月世界のものとはなりえない地上人の運命への思いが潜んでいる。この「かぐや姫」は月天への帰還が「永久」に現実化することのない「地上の」かぐや姫である。永久に地に係留されたかぐや姫――一つのパラドックス。ゆえに亦《また》、沁みるように美しい句である。

行人に端近の座と戸主とが見ゆ　昭50

「見える」「聞こえる」とは言わずに、見えるもの・聞こえるものを示すのが俳句の常道である。だが、この句の「見ゆ」は必然だ。見える〈もの〉ではなく、そのものが〈見えること〉が詩因になっている。端居する戸主が道行く人に見えるということは、戸主にも道行く人が見えるということである。視線は相互に対象で反射して自らに戻り得る。外との境に端居する戸主が詩人だとすれば、彼の〈まなざし〉は行人（旅人）の眼の磁性を帯びることになろう。漂泊の心性の循環を誘う構図なのだ。ひそかに芭蕉との融合が思われている。作者、七十四歳。

少しこぼして置いて幼女が清水運ぶ　昭50

水をこぼさないように運ぶために、予《あらかじ》め少しこぼしておくという幼児の知恵がクローズアップされている。まなざしの眩《まぶ》しい句だ。人間はからだを世界に涵《ひた》して生きている。からだとの折合いをつけることが知恵（欲望を有効に世界と係わらせる仕方）の端緒なのだ。幼女の〈しごと〉或いは〈あそび〉の可愛らしさの奥にあるものを見ようと、目はひたすら「少しこぼしておく」という所作に集中している。そのミニマムの描写が、運ばれるものが清水であることと相まって、句を普遍的なものへと大きく開く力なのである。七十四歳の詠。

捲き寄せて返さむずる波冬咲く薔薇　昭51

開きかけた薔薇が冬の寒さに命の向きを反転しようと逡巡《しゅんじゅん》する。とはいえ衰頽を嘆く歌ではない。〈誕生しながら、逆しまに、死の緩やかな歩みをまねる〉とリルケは冬の薔薇を歌った。そこに認識されていたのは〈無と存在とのえもいわれぬ一致〉である。草田男句では「咲く」がその〈一致〉を語る。生と死がともに抱きあい分かち合っている一つの持続―内部で垂直に立ち上がろうとする時間―晩年の生が内観されているのだ。詩人の墓碑銘〈薔薇　おお純粋な矛盾　よろこびよ……〉を偲《しの》ぶ句「薔薇を活きて薔薇を矛盾と呼びけるか」(昭和四十三年)も想起される。

冬薔薇とクリスタル・グラス身を削ぎて　昭51

眼前にあるのは透明なガラスの容器に生けられた一輪の冬薔薇。花も器も思念を凝らして存在の極みを志向している趣がある。「身を削《そ》ぐ」はクリスタル・グラスと、冬薔薇の佇まいと、ディヒターの営みとを共軛する言葉であろう。句には少し謎めいた註が付されている―「作りし以後に心づけば(……)殆《ほと》んど二音節にて成立せるものなりし」と。おそらく〈crys-tal〉という一語を核とする結晶作用そのものが反省されているのだ。まなざしは己が詩の〈ことば〉じたいに及んでいる。晩年の詩境をトするに足る一句。草田男七十五歳。

白障子の開けゆく此の世の桟の影　昭51

精緻な写生の眼が働いていることも、それが物の形を写しとることを目的にしたものでないことも明らかであろう。句は光と影の位階を意識しているように思える。「白障子の桟の影」すなわち「開けゆく此の世の影」である。影は世界の射影としてその実在性に与る。だが世界じたいが―わざわざ「此の世」と呼ばれているように―それを根拠づける〈彼岸的なもの〉との関係において捉えられている。白い障子は容易に名ざし得ぬものを結像する閾のスクリーンとして機能している。それが草田男の〈写生〉なのだ。

磯歎き聞けよと妻や声ひそめ　昭51

昭和五十一年六月、萬緑全国大会で英虞《あご》湾周辺を吟行した際に詠まれた句である。「磯歎き」は海女《あま》が海面に出てヒューと口笛を吹くように洩らす呼気音。「いそ」は「嘯《うそ》」の転という。生物の本来的な生息場所を〈エレメント〉ということがあるが、水は魚のエレメントであり、人間にとっては異界だ。だから海女はあえて危険域に生きるもの、その命のあかしが「磯歎き」なのである。それが危うきに遊ぶ詩人の魂と響きあう。「声ひそめ」は隠れた主題と覚しい〈永遠への聴覚〉に呼応するフレーズであろう。句は深みで形而上詩へと己を抜く。

まさしくけふ原爆忌「インディアン嘘つかない」　昭51

草田男はゲーリー・クーパーの大ファンであった。西部劇も好んで観たが、インディアンが大量殺戮《さつりく》されるシーンにはやりきれぬ思いを隠さなかったという。句はヒロシマの悲劇と先住民の運命を同じ遠近法のうちに捉えて、そこに人種的偏見へのプロテストの感情を籠めている。「インディアン嘘つかない」―スクリーンでおなじみの科白《せりふ》に受難者の矜恃《きょうじ》とペーソスが滲む。〈力〉と〈正義〉との関係―突きつめれば寧《むし》ろ無関係―に思いを凝らす句として読めよう。作者七十五歳。

蒲公英吹き玉我が身も半ば過去のかげ　昭52

晩年のペーソスが影を投げる。「吹き玉」とは何だろうか。タンポポはロゼット状の葉の中央から花茎を直立させ、頂に毬《まり》状の絮をつける―なるほど地底のガラス職人が口を窄《すぼ》めて管を吹き「ガラス玉」を膨らませているみたいだ！　この少し後に〈蒲公英「吹き玉」上を下への吹き乱れ〉がある。こちらの吹き玉はストローの先から四散する「シャボン玉」だろう。静と動―孰《いず》れも凝視が自ずと幻想性を帯びてくる境の句である。吹き玉に翳る現《うつ》し身―作者の視座はかなたに位置する。それがこなたを「半ば過去のかげ」に涵すのだ。七十六歳作。

向日葵突伏し密封大地を窺へる　昭52

ヒマワリの花容は太陽を連想させる。いつも太陽に対面して回るという俗説もそんなところから生まれたのだろう。誇張とはいえ真実感がある。要するにヒマワリはイデーの花なのだ。この花には草田男の向日性と通いあうものがあろう。それが命の果てに「突伏し」て母なる大地を窺っているというのだ。「密封」の一語には、私が私の根拠から隔てられてあるという悲劇意識がにじむ。自力を尽してなお到り得ぬものによってしか自らの存在を根拠づけ得ないという〈地上性〉の認識―やるせなさ―が覚醒している。草田男晩年の象徴的自画像。七十六歳の詠。

懐妊《みごもり》めでたし燕の巣には子安貝　昭52

四女依子《やすこ》（成蹊学園敷地内竹藪の近接地で出生）の婚約に際し、二年前、草田男は自らを「竹取の翁」に擬しつつ「若竹や永久に地上の赫映姫」と詠んだ。そのかぐや姫がいま母になろうとしている。物語の方のかぐや姫は〈変化の者〉、次々に難題をふっかけては貴人たちの求婚を斥《しりぞ》ける。石上《いそのかみの》中納言には世にも稀な宝という「燕《つばくらめ》の持たる子安貝」を取ってくる試練が課されたのだった。子安貝は現実ではもっぱら安産のお守り。描写的にも働いている引喩（中七・座五）が、価値の相反を担って、草田男世界を起動する。

めぐりあひやその虹七色《なないろ》七代《ななよ》まで　昭53

「中村直子の霊前に捧ぐ」と前書がある。昭和五十二年の十一月、草田男は高野山で催された句会に同行した妻を脳内出血で失う。掲出句は一周忌を前にしての亡妻へのレクイエムであるが、そこには結婚後四年目（昭和十五年）の句「虹に謝す妻よりほかに女知らず」（『萬緑』）の遥かなエコーが聞き取れるだろう。「その虹」と言われている。愛の「めぐりあひ」を架橋した「その虹」に七代の色褪せぬ契りを誓い、感謝の念を新たにするのだ。翌五十四年（七十八歳）の作には「襖にもたれ障子叩きて故人を呼ぶ」がある。身も世もあらぬ風情である。

細工物コクリと成就刃物すずし　昭54

草田男はオノマトペの名手だが、この「コクリ」も非凡である。たとえば一刀彫りの小さな細工物が成る入神の瞬間―鶏が卵を産むようなミラキュラスなあっけのなさ―を鮮やかに喚起している。これに打てば響くさまに「刃物すずし」が呼応する。眼と耳をとぎ澄ませて、ひそかな存在のけはいを感知しているような句である。詩の言葉は、慣用に準じて分類され用途に応じて道具箱から取り出される道具ではない。世界を起動する〈初メノ言〉のまねびなのだ。優れたオノマトペは言葉の原初への立返りを媒介するのである。

眼《め》許《もと》胸許とざされつづけ曼珠沙華　昭54

目路のかぎり曼珠沙華《まんじゆしやげ》の群落が続いている風景であろうか。しかし何かふしぎな彼岸性を感じさせる。といっても、曼珠沙華がヒガンバナの別称であるとか、仏教で天上に咲く花を意味するとかいったような先行的な〈観念〉に嬉戯する句ではない。曼珠沙華の群生の中を運ばれてゆく眼には、いやましに炎の色が堆積する—そのやるせないまでの感覚の真実が「眼許胸許とざされつづけ」なのだ。いかにも草田男的な身体性の具現である。眼許・胸許がとざされる抵抗感のなかに、ものを超える世界へのとば口が開けている。

「火宅」の語世にあれど「花宅」やわが隣家　昭55

煩悩の支配する娑婆《しやば》を「火宅」と称して火事の家に譬えるが、隣家の桜は今凄まじいほどの花盛り、「火宅」ならぬ「花宅」の風情だというのだ。火のように家を包む桜が娑婆の〈火宅性〉を増幅して、言葉遊びはペーソスに浸される。他にも〈狗児も猫児も睦みあふなり「花宅」のさま〉など生の哀歓を深く沈めて「花宅」の比喩に執する五句が続く。最晩年、エモーションに言葉を即応させようという詩法が時にこわばりを見せ、信屈のいわば様式化するさまが痛々しい。

口一つで蟻の総身喰下がれる　昭55

昭和五十二年の冬直子夫人を失ってから、年を追って、草田男の作品は追慕や回想、あるいは日録的なモチーフが多くなるようである。隆替の交錯する作品群のなかで、死の想念に洗われて深い観照に到達している句は心をうつ。たとえば「手も振らで先行者消えぬ閑古鳥」（昭和五十四年）の彼岸を帯磁したまなざしに映る今生の眺めはどうだろう。掲出句も強い異化のエネルギーを蓄えて、彼方へ突き抜けて反射してくる光に泛びあがった自画像という印象がある。口一つで喰下《くいさ》がっているのは詩人草田男の〈ことば〉の躰である。七十九歳の詠。

花火連打天授の我が迂愚も映えつづく　昭55

目的から逸れて回り道をするのを〈迂《う》〉という。世事にうとい愚図人間に「迂愚」のレッテルが貼られるが、それは生理的な意味での知的欠陥をいうのではない。実用的価値からの逸脱を、経済原則が〈愚かさ〉として裁くのである。だとすると、何か割り切れぬものによって己の生の根元が養われているという感覚から自由になれない人間の、その〈愚かさ〉こそが問題なのだ。つまり「天授の迂愚」は〈天性の詩人〉と〈生来の愚者〉の両義性を担う。やるせなさを荘厳《しょうごん》するかに花火の映照。だが再び沈黙の闇に身は涵される。草田男七十九歳。

岩と岩の間《ま》仲よくせよと犬ふぐり　昭58

俳句でいう「いぬふぐり」はヨーロッパ原産の帰化植物オオイヌノフグリである。空色の小さな花をびっしりとつけ地面を覆う。二顆接する果実の形態が犬の睾丸を思わせるから「いぬふぐり」。命名の飾らぬ健やかさが嬉しい。星をちりばめたような花が岩と岩とのはざまを埋めつくして、仲をとりもっているようだという句である。「岩と岩」もふぐりの対を思わせなくはないから、句は空間関係の親和にも養われて、無機的なものと生命的なものとのあいだに懇ろな渾融《こんゆう》感を醸している。作者没年の作品だがメルヘン的な瑞々しさがある。

嘱目界も後《あと》二十年朝日と虹　昭38

嘱目界とは俳人が凝視の対象として意識している限りでの現象世界である。それは存在の窓のようなもので、俳人はそれを通して世界の内部へと観入する。現象を通して現象の背後へ廻りこもうとする眼の努力を〈写生〉というのである。そのとき嘱目界はいわば存在の意味作用となる。「朝日と虹」—原初の太陽光と七色の分光はその象徴である。それあって草田男は生涯〈歓喜〉と〈驚き〉とを語り得た。掲出句には帰天の時を遥かに予見しているおもむきがある。奇《く》しくも二十年後の夏、草田男は帰らぬ人となった。六十二歳の詠。

母の魂《たま》かや祖母のたまかや斑猫《はんめう》跳ぶ　昭57

斑猫は金緑・赤緑・紫藍など光沢のある模様が美しい路傍の小昆虫だが、最近そうざらには見られなくなった。少年の頃、箕面《みのお》の滝までの山道を斑猫に導かれるようにして辿るのが愉しかった。近づくと二米ほど先へ飛んで人を待つ風情に静止する。そこへ近づくとまた先へ飛んで待つ。〈道おしえ〉という異名のある所以である。さて、死を翌年に控えた草田男の句には静かに彼岸からの影が落ちている。祖霊のいざないを感じているのだ。「斑猫とぶ午前の時歩まづゆつくりと」という観照の深い句も詠まれている。

玫瑰や人地にありて地を惜しむ　昭58

死を目前にした最晩年の作。処女句集『長子』の〈玫瑰や今も沖には未来あり〉と呼応する趣がある。いわば序幕の浪漫性（存在条件を超え出ようとする魂の憧憬）が、終幕において〈いま・ここ〉こそ時間的存在が永遠と和解し得る唯一の場所であるという認識に到達する形而上詩といってよいだろう。〈玫瑰の初花手型を砂に捺《お》し〉がこの句と並んでいる。難しい句だが、膝を折り砂地に両手をついて、初花の声に聴き入る姿が見える。ハマナスは日本原産の野生バラ、薔薇の詩人草田男が生の根元に思いをひそめて最後に描いた〈原‐自画像〉とも。

折々己れにおどろく噴水時の中　昭58

魂の存在憧憬を象徴するかに一途《いちず》に空を濡らしつづける噴水。見つめていると、時折、翳るように水勢が息をのむ瞬間がある。それが「己れにおどろく」である。かつて萬緑誌の第九句集『大虚鳥』特集にも書いたが、噴水の期外収縮が暗喩するのは人がふと永遠をかいま見得る瞬間である。生前最後の講演で、草田男は俳壇の〈軽み〉イデオロギーに与《くみ》し得ないゆえんを端的に、「驚きたい」からだと述べた。おどろき（surprise）とは不意を打たれること、思いがけぬ賜物である。「驚きたい」の裏には〈おどろき〉の不在が貼りついている。「折々」には地上人の切なさと希望とがこめられているのだ。死の年の絶唱。

V

千の空から

――千空、リルケ、草田男（講演3）

われとわが千の空から花吹雪　（『忘年』）

平成十年、千空さんは第四句集『白光』（平成九年刊）により第三十二回蛇笏《だこつ》賞を受賞なさいました。これはそのときの自祝の句で、千空作品には比較的珍しい、ことば自体に嬉戯する趣をいっぱいに湛えた句です。

角川文化振興財団の「俳句」誌の企画に「黒田杏子《くろだももこ》が聞く証言・昭和の俳句」というインタビュー・シリーズがあり、その一つで（平成十一年四月号）千空さんがご自身の俳号の由来について語っていました。同誌先月号にもその回想がありますが（「俳句」平成二十年二月号成田千空追悼エッセイ・黒田杏子「太宰《だざい》　志功《しこう》　寺山《てらやま》そして成田千空」）、思わず頤《おとがい》のゆるむ実に楽しいエピソードです。

千空という私の俳号は変わった俳号ですので、他にないんじゃないかと思います。というのも、私の本名が力です。この、親からもらった名前が子どものころからずいぶん嫌いなんです。なんで力なんだって反発がありましてね。俳句を始めたときに、じゃ雅号をつけようって自分で思いまして、チカラをもじったら千空で空っぽになったんです。これはおもしろかったですね。その後、リルケの詩集を読んでいましたら、そのなかに『千空』が出てきたんです。『薔薇の葩《はなびら》』という詩です。その一節、『花びらは大空のひかりを透さねばならぬ／千の空からこぼれ落ちる翳の一滴一滴をしずかに濾過しながら／すると空の火焔のなかに花粉をつけた雄蘂の束がゆらゆらともえあがるだろう』。いい詩ですねえ。ああ、リルケも『千の空』を使っているなあ。力が空っぽになってリルケに出会ったというわけです。

この詩はリルケの『新詩集』〈Neue Gedichte, 1907〉の中にある一編です。詩人がロダンの深い影響下にいわゆる〈事物詩〉のスタイルを確立したとされる中期の傑作詩集ですね。タイトルが「薔薇の芭」となっていますが、原題は〈Die Rosenschale〉「薔薇の水盤」で、全部で七十二行もある長い詩です。原詩にあたって確かめてみると、千空さんを喜ばせた「千の空から」は〈aus den tausend Himmeln〉とあり、まちがいなく「千空」でした。「千空」さんのお読みになったのがどなたの翻訳なのかまだ調べがついていないのです。いま手元にある高安国世《たかやすくによ》訳では、喩義を活かして「限りない空から」となっています。因みにリルケは実に〈千〉が好きだったようで、この数詞の多用はそこに慣用的な多数性の喩義以上のものがあったことを思わせるほどですから、千空さんのお読みになった翻訳が直訳的に「千の」という字義を保っていたのは私どもにとって幸運なことでした。でなければ、千空さんの歓びも、おそらく「千の空から」という素敵な句も、今日のこのお話もあり得なかったことになるでしょうから。

薔薇の棘《とげ》に刺されて死んだと年譜の記載が神話めくほどに、リルケは薔薇を愛した詩人でした。リルケの薔薇は、まだ二十世紀の初めの頃ですから、現代の剣弁高芯整形の競技花と違って、花弁をぎっしりと内部に抱え込んだもっと素朴だが豊かな花容が想像されます。無数の花びらが重なっていて、その一枚がまぶたのように開くと、下にまた幾重にもまぶたが重なっている――これはひじょうにリルケ的なイメージですが――この千の重なりのなかを千の空から来る光は通って行かなければならない。幾重もの重なりに濾《こ》されながら光は花の奥に届く。するとその火照りを浴びて、興奮した雄蘂の束が起きあがってくるというのですね。花が開くというのは一つのエロスの生起だと言っているみたいですね。後を少し補ってみますと、そのとき花びらの一枚一枚がほどけながら少しずつ違った角度で光を反射する。そのわずかの偏差の連続が光を宇宙に返す。存在のエロスがことばのエロスに変容しているような詩です。「いい詩ですねえ」とはそういうことなんだと思います。

　そこで千空句ですが、「われとわが千の空から花吹雪」は中七に「千の空から」というリルケのフレーズを抱いています。俳人千空が詩人リルケを懐に抱いて、花吹雪を浴びながら佇んでいる。千空さんが抱いていたのはリルケの薔薇に造形されている宇宙的な呼応と循環のエロチシズムと言ってもよいと思いますが、だからとて薔薇への偏愛が千空さんにもあったというわけではありません。ここで降ってくるのは花吹雪で、千空さんは自らの空から花と吹雪いて自らを祝福している。これこそまこと千空さんらしい呼応と循環です。

　しかし千空さんが自らの雅号と戯れながら薔薇の詩人リルケを抱擁するときに、そこに自ずと師草田男が抱きとられるという連関が生じている。これが大事なんですね。自ずとというのは、俳人草田男もリルケ同様に薔薇の詩人だったということです。まだ十分に認識されてはいないようですが、リルケと草田男の間にはなみなみならぬ影響関係があり、薔薇の句を介してそれを確かめることができると思うのです。

薔薇はリルケにとって特権的な地位を占める花でしたが、それはつきつめて言えば、薔薇の内部が、詩のことばそのもの、そしてそれを生きる詩人の運命そのものを思わせたからにちがいない。日常の道具的な実用性から世界の創造原理としての働きまで〈ことば〉にも存在的な重層性があります。詩人とは、言うならば、〈ことば〉の原郷―〈物の見えたる光〉と芭蕉は言いましたがその光の源―に向って漂泊を続けることばの旅人です。だが、ことばは光を運ぶと同時に光を遮りもする。その〈ことば〉という矛盾を生きる詩人、それがやはり光の透過に抗いながら光を搬ぶ薔薇の花びらの重層とかさなるのだと思います。薔薇の花が空からの光に浸透されつつ光のなかへと開花することで己を全うするように、詩人も詩ということばの小さな器を世界の全体と交換する。詩人もまた薔薇の生命を生きているのだということになります。こういうメッセージを魂全体で受け止めた俳人こそ、千空さんがその門下であることを生涯誇りとした中村草田男なんですね。草田男の詠んだ薔薇の句にはリルケの深い浸透が感じとれます。

日頃、雑誌や句会でお目にかかる薔薇の句をみていると、薔薇を取り合わせの材料として、いわば情緒的に斡旋《あっせん》するという作り方が大部分です。草田男はそういう作り方に甘んじることはなかった。〈咲き切つて薔薇の容《かたち》を超えけるも・『美田』昭和三十一年〉、〈薔薇日増しに五角六角詩の業・昭和四十九年〉〈捲き寄せて返さむずる波冬咲く薔薇・昭和五十一年〉、こんなふうに薔薇を詠もうとした俳人は草田男を措いて他にあるでしょうか。凝視を通じて対象の本質に稠密な言語的存在性を与えようとしたリルケとの親密な対話がそこには聞き取れます。〈薔薇を活きて薔薇を矛盾と呼びけるか・昭和四十三年〉、これはもう、たとえ前書きがなかったとしても、リルケの墓碑銘へのオマージュであることは明らかですね。リルケは、周知の通り、自分のための墓碑銘として薔薇の詩を書きました。俳句からの影響がいわれもするあの有名な三行詩です。

薔薇よ　おお　純粋な矛盾
こんなに幾重もの瞼《まぶた》の下で
だれの眠りでもない眠りである歓びよ

草田男はこの墓碑銘の下に眠っている詩人を「薔薇を活きて……」と詠んでいます。リルケにおいて薔薇が生そのもの、詩という営みそのものと等価であるという洞察と共感がなければ、薔薇を活きるなどと言えるはずはありませんね。「純粋な矛盾」には〈ことば〉とそれを生きる詩人の運命が託されています。「だれの眠りでもない眠り」──これはことばの原郷への旅の果てに想われている、永遠の光の中での憩いでしょう。だれのものでもないという〈無名性〉は──死して成るといいますか──詩人がついには普遍性のうちに相対的な固有名を止揚する境地をいうのでしょうね。難しいが心にしみ通るような詩です。

「薔薇の水盤」に見られる通り、造形的なリゴリズムと宇宙的な浮揚性がリルケの詩には共存していますが、草田男についても同じことが言えると思います。比べて千空さんの言語空間はもっとのびのびと軽やかで、しかも年と共に晴朗さが立ちまさってくるようです。しかし、対象と一体化するまで、見られるものが見るものの眼を借りて己自身を見るほどにまで対象に渾融するという姿勢——いわば眼で祈る姿勢——は三者に共通している。そしてその眼の祈りの燃焼度の高さこそが千空句の抽《ぬき》んでた特質といえるでしょう。生前〈熟成〉が千空さんの口癖でした。白光を放つような軽やかさはその〈熟成〉——情念の完全燃焼——の結果です。ついには炎自身の軽さになって「千の空」への帰還を果たす。千空句の持つ比類のない浮揚性は、リルケの詩（の翻訳）に即して比喩的にいうならば、「千の空から」降り注ぐ光に応えて雄蘂の束が「ゆらゆらともえあがる」——その「ゆらゆら」の存在論を水面下に深く蔵した軽やかさと晴朗感なんですね。それは草田男が厳しく批判した、いきなり〈かるみ〉をいうスタンスで先取りされてしまうような軽快さとは、異質のものです。『十方吟』の融通無碍《むげ》を達成したあとでなお、千空さんが黒田杏子さんに語ったという言葉がそのことを証明しています——「あの句集はちょっと優しく、柔らかになりすぎててねえ。私としてはもう一冊、なんとか骨のある、水位の上った、口あたりはよくなくても喰いたりる作品で飛翔したいんですよ。（……）それが出来そうな感じもいまあって、なんとか実現したいんです。私の到達点をそこに持ってゆきたい。『十方吟』を通過した最後の句集をねえ」（前出「俳句」二月号成田千空追悼エッセイ）。ああ、千空さんは最後まで草田男の〈非完成〉の歩みを思っていらっしゃったのだ。そんな気がして胸が熱くなりました。

「われとわが千の空から花吹雪」――こよなくお酒を愛して酒仙の風貌のあった千空さんが、今わたしたちが席を共にしているこのひととき、天国で上下を脱いで寛《くつろ》いでいらっしゃるお姿が偲ばれるような句です。そこにリルケと共に草田男もいるのです。あらためて心から千空さんのご冥福をお祈りしたいと思います。

Ⅵ

草田男再耕1

昭和38年～42年の作品を読む

秋耕の父と居し子の垂れ流し　昭38

春の「耕し」を支配する感情が歓びだとすると、「秋耕」には祝祭のあとを整えるような寂《せき》寥《りょう》感がともなう。地味で意志的な営みという感じもある。そのためか「秋耕の父」に想像されるのは、どちらかというと、孤独で寡黙できびしい家長像である。何かわけあって母性と隔てられ――いわば子宮を離脱したような寂寞《せきばく》にさらされて――父の傍らにいる子供。よるべなさについ粗相をしてしまったのだろう。父と子しかいない風景のなか、「垂れ流し」はいかなる愛の状況を語ろうとするのか。言いようもなく根っ子のさびしい句である。

眼を吊りて離騒の白鳥戻りきぬ　昭38

白鳥といえば先ず優雅・晴朗を想うが、諍《いさか》って権柄を押す時などその野生の激しさが人を愕《おどろ》かす。深い欲望に働かれてか啼声が悲憤の趣を帯びることもある。句はディヒターという孤独者の憂愁を眼を吊って怒る白鳥に託している。「離騒の白鳥」は草田男の分身であろう。周知の通り、文学作品としての「離騒《りそう》」は讒《ざん》されて楚の朝廷を逐《お》われ汨羅に身を投じた屈原の詩とされるが、離は罹を、騒は憂を意味する。つまりは、危うきを践《ふ》む志ゆえにやるせなさに身を苛《さいな》まれる詩人の境地なのだ。「戻りきぬ」に深い感慨が籠もる。

峨々たる機械にハンドルありて涅槃風　昭38

ハンドル一つで人は「峨々《がが》たる」機械を操る。圧倒するものと圧倒されるものとの関係が逆転するのである。だが、その同じハンドルを介して人は機械の奴隷になっているとも見られるから、支配 - 被支配の関係は反転してやまない。ハンドルは文明のパラドックスの機能点なのだ。句はどこか臨海工業地帯での嘱目と思われる。思えばハンドルが象徴する人間の関与あって、只の風も「涅槃《ねはん》風」たり得るのだろう。この季語は自ずと人間と環境とを仏教的な関係枠のうちに統合する。鋭い文明批評を隠すこの句の肯定性はそこに由来するようだ。

耳は本来前途へ対《む》けり初雲雀　昭38

人類の耳はどうやら「本来」的形状を呈してはいないようだ。大概の耳たぶは側頭面に貼り付いて「前途」に対して直角の方向を向いている。聖書には「耳」という器官とその機能への言及が豊富だが、それは信仰が何よりも神の言葉への応答という形で考えられているからである。人は存在の声に耳を傾けなければならないが、傾けたがらないという現実がある。比喩的にいえば、原罪以前の耳は前向きに付いていたにちがいない。ひたすら高みを指す雲雀の声を、春初めて耳にした瞬間、〈俳〉が聖書的含蓄を孕んで成った句だろう。六十二歳の吟。

降る雪の水輪多さよ降らざらめや　昭38

水は、蒸発・蒸散・凝縮・流動などのプロセスを繰り返しながら、さまざまに形を変えて三千世界を循環する。ギリシアの哲人タレスは水を万物の根源と考えた。雪は水の天上的形態の一つである。せつせつと水の上に降る雪を眺めていると、幾星霜を経て故郷に還るという想念が誘発されるのも自然なことかもしれない。水面にできる波紋の一つ一つが果たされた帰還をよろこぶ声のようである。「水輪多さよ」は、だから、おのが始原を得る歓喜の沸き返りを聴いているのだ。「降らざらめや」——純白の歓声への魂の渾融である。

舌鼓めく春耕の土切る音　昭38

耳を傾けていると、春先の田畑を鋤《す》き返す鍬《くわ》の音が肥沃《ひよく》な土壌に舌鼓を打っているように聞こえてくるというのである。健やかなエロチシズムの匂い立つ句である。一説に「めく」という接尾辞は「見え来」に由来するという。肉眼・心眼の緊張〈見る〉に呼応して世界が己を開示してくる様態が「めく」であると言っておこうか。見入り・聴き入りの持続によって醸成される比喩の内面化、その機能点の深さを感じさせる。〈眼の人〉草田男がこの接尾辞を好んで用いているのも、あながち偶然ではないであろう。

正坐の蟇正歩のセント・バーナード　昭38

さきにこの欄で〈耳は本来前途へ対けり初雲雀〉という句を取り上げたことがある。問いかけてくる存在に己を賭《と》して正対するのが草田男の詩人としての倫理であった。この句もそういう心性をにじませる。「正歩」は「正坐」に導かれた造語であろうが無理を感じさせない。名に聖性を負うセント・バーナードはもともとアルプスのサン・ベルナール修道院で飼われ、雪中遭難者の救助で有名になった犬種、大きな体と性格の優しさに得も言われぬ魅力がある、隣接する句〈白鳥も塑像も真向きみじろがず〉もまた正対を頌める。明治生まれの気骨すこやかな六十二歳だ。

老鶯や沼は水より泥深し　昭38

夏の鶯を老鶯《ろうおう》というが、おどろくほどの大音声で、山峡や高原の空に磨きをかけるように鳴く。澄み切った大気や、鏡のように光を返す水面との親和性は著しい。だが、句は玉のような玲瓏《れいろう》のなかにひっそりと不安の影を曳いている。「水より泥深し」。上部の水の層よりも底に堆積した泥の層が深いというのである。見えぬところでひそかに沈水植物などを繁茂させている沼、それは命がそこから来てそこへ還ってゆく原初の混沌《こんとん》を暗喩するのであろうか。それとも私を私の根拠から隔てている罪の深さが思われているのであろうか。

読書に着袴梅雨の時序さへ正しき頃　昭38

二・二六事件で暗殺された高橋是清《たかはしこれきよ》の「椅子に身を据ゑし和服姿」の銅像を前にしての詠。単なる懐古ではあるまい。戦後社会の荒廃ゆえにひどい知的飢餓のうちに青春を送らざるを得なかった世代には、書物は着袴《ちゃっこ》して正対すべきものという感覚の真正性がよく分る。書物は魂の糧、接ずるに形を正すのは本来内的なレスポンスなのだから。今の世、欲望が肥大して生活文化は定型を失い、人間は下品になったとある作家が書いていた。定型感覚の喪失が下品に通うというのは洞察だ。人間の倨傲《きょごう》は自然を壊し、時序の紊《みだ》れは黙示的ですらある。

花柊「無き世」を「無き我」歩く音　昭38

正宗白鳥《まさむねはくちょう》の訃報（昭和三十七年十月二十八日）に応接する句。長文の前書を付す。白鳥は内村鑑三《うちむらかんぞう》の影響下に若くして受洗するが間もなく棄教する。だが自らの棄教に終生こだわり続け、宗教批判を自己への誠実のいわば証とした人だ。「無き世」「無き我」は白鳥の〈我の死は世界の終焉《しゅうえん》〉という趣旨の述懐を承ける。彼の死とともに消滅したはずの世界にいま柊《ひいらぎ》の花の香が漂い、霧散したはずの私の跫音《あしおと》が聞こえる。〈撞着《どうちゃく》〉という形で句はこう問い返しているようだ。白鳥よ、それはかりそめの肉体が今ここで命の永遠を生きている証ではないかと。

四季薔薇の果《はて》の平花《ひらばな》なりとても　昭38

「花柊……」の句を詠んだ後、草田男は新聞で「全く予期せざりし一記事に遭遇」して愕く。白鳥が死に臨んで再洗礼を受けていたことを窺わせる報知である。掲出句は改めての悼句だが、無論「花柊……」を廃棄するものではない。白鳥の信仰理解は、本質的な意味で、草田男には顕著であった〈超越〉の契機を欠いている。彼の宗教批判がいわば啓蒙主義的な平板に終始した所以である。「平花」〈並々の花ほどの意？〉はその暗喩とも受けとれよう。両者の逕庭《けいてい》を考慮に入れると「……なりとても」に込められたある種の安堵のありようはとても複雑だ。

秋声や故友名づけし我が「犬耳《けんじ》」　昭38

「故友」とは刎頸の友伊丹万作《いたみまんさく》を指すのだろうか。「犬耳」という名づけについてどんなエピソードがあるのか私は知らないが、かつてここで読解を試みた二作品と深みで通いあう句であることを疑うのはむずかしい。その一つは〈耳は本来前途へ対けり初雲雀〉、いま一つは〈人影も無く声をもつ秋の暮〉（傍点筆者）。耳と声！　ゆえに「犬耳」には例えばシェパードの抜群の聴覚が暗喩する存在の囁《ささや》きを聴き取る力、そして「秋声」には、芭蕉の「この道」に重ねてモーゼの「神は詞《ことば》なりき」が含蓄されていよう。矜恃を秘める自画像である。

ほととぎす馬の鼻孔の厚開き　昭38

つややかな草原の大気が感じられる。「鼻孔の厚開き」がいかにも草田男ぶり、瑞々しい写生感覚が横溢《おういつ》する。「原馬」と題する昭和二十五年のエッセーが想起されよう。原馬とはパルテノン神殿の馬の頸部彫刻でゲーテの命名だが、現実界のあらゆる馬という現象の中核に認められる根元現象としての馬の意。「いかなる馬よりも馬」――といっても思弁的な抽象による冷たい〈観念〉ではない。根元的でありながらあくまで感覚との接点を失わない〈現象〉として抑えられ、草田男独自の〈写生〉概念への展望を開く契機となっている。

幽谷よし幾越年のこの空蟬　昭39

隠れて生きる者はよく生きるというが、蟬の幼虫の地中生活は気が遠くなるほど長い。アブラゼミで七年ほどだが、十数年も地下にいる種類もあるという。比して成虫として光を享《う》けるのはせいぜい十日ほど、目も眩むばかりの懸隔だ。句は空蟬《うつせみ》を隠れてよく生き得た命たちの自己成就の証言と観じている趣がある。彼らは背に白い一条の命綱をつけ、みな同じ形に空を仰いで〈定型〉を思わせもする。「幽谷よし」は人間で言えば〈風土〉の認識かもしれない。そして究極において〈超越〉と関わらない限り風土も定型も恐らくその意味を失うのである。

人影も無く声をもつ秋の暮　昭39

香川の藤谷朝子《ふじたにあさこ》氏の〈人形《にんぎやう》もなく（鳴く）声をもつ秋の暮〉に嬉戯する句であることが前書から知れる。「人形」を「人影」に改め「なく」が「鳴く」から「無く」へ意味を変えている他に違いはない。本歌取りによって生じた最も大きな変化は、こう言ってよければ〈声〉の形而上化、否むしろ福音化であろう。行人の姿が消え「秋の暮」が声を得て語りを始める。草田男はその結果が芭蕉の「この道」の表裏二句に通うことに興趣を覚えると共に、ここで「神は詞なりき」というモーゼの言を想起する。表裏二句とは「人声や此の道帰る秋の暮」「此の道や行く人なしに秋の暮」。草田男の〈洋魂和才〉（中村弓子）の活性をトするに足る本歌取りだ。

霧濡れのそのみてぐらの風揺れ急　昭39

昭和三十八年八月、草田男は妻子を伴って戸隠に遊び、宝光社宮司京極《きょうごく》家に二泊している。宮司の子息は勤務校成蹊学園の同僚であった。翌三十九年二月「戸隠行」二十六句が発表された。これはその中の「中社及び奥社のほとりにて」と前書する七句中の一句。しっとりと霧に濡れて垂れている幣《みてぐら》を揺らして、山気がにわかにさわだつ瞬間を「風揺れ急」で捕捉する。けだし、視覚ではとらえきれない、ものの〈気の動き〉、つまり〈気はひ〉を視覚像の向こうに感じ取り、その気をこちらへと還流させる努力・工夫をこそ〈写生〉というのであろう。

人体背後はふさがりきつてゐる裸　昭39

ふしぎな句だが、裸の背を見るとなるほど「ふさがりきっている」。人体の開口部で純粋に後ろ向きのものはない。〈耳は本来前途へ対けり……〉と前年には詠まれていた。つまり体は前方へと組織されているというのである。掲出句の少し後には〈閑古鳥道そのものが人を呼ぶ〉とある。心理的に道が自ずと歩みを招くとすれば、それも予め身体レベルでそういう方向付けがなされているからかもしれない。「道」が象徴的に形而上化される根拠はそれ相当に鞏《きょう》固《こ》なのである。草田男は〈超越〉への身体感覚において他に抽んでるものがあった。

蝙蝠の鼻寄せヒヤと翅《はね》で擁《だ》きぬ　昭39

「ある体験」と前書がある。これまたふしぎな句だが、仮に何かの比喩だとして、比喩されるものを名指しすることは作者自身にも果たして可能かどうか。句は〈写生〉の名を与えたいほどにリアルな身体感覚を伴った特殊な〈体験〉を語っている。蝙蝠《こうもり》は唯一翼をもつ哺乳類である。人間は天使の翼にあこがれるが、翼の可能性はたぶん蝙蝠の方向にしか開けていない。「ヒヤと翅で」抱かれるのは、比喩というよりは、獣と天使の狭間《はざま》で宙づりにされながら獣性に強く牽引《けんいん》されている現実への身体感覚の覚醒（＝悪夢）そのものではなかろうか。

なぞへ親しき花しどみさへ目の高み　昭39

「なぞへ」は斜《はす》なること、ここでは丘や土手の斜面をいうのであろう。「しどみ」は日当たりのよい山野に自生するバラ科の植物、クサボケの別称。高さ一、二尺。四、五月頃、木瓜《ぼけ》に似た朱紅色五弁の花をつける。平地にあれば地面を這って丈低いクサボケの花が、斜面のおかげで、人の目の高さに位置しているのである。「なぞへ」は〈準へ〉（＝別のものを同じものとして扱う）の義という。ならばなぞへは親和・親愛へと傾くのだと言ってみたい。野の「なぞへ」に身を委ねて、詩人は花とまなざしを等価交換するのである。草田男六十三歳。

畳屋は仕事急《せ》くもの落花の中　昭39

畳床と呼ばれる土台に藺草《いぐさ》の畳表を被せ、畳針で刺して縫いつける。長辺に沿って縁布をつけ、短辺は耳板を巻き込んで整形する。鮮やかな畳刺しの手捌《てさば》きに、終日、傍らで見とれていた幼時の記憶がある。生活環境の著しい変化で、今では珍しいものになってしまった畳の表替えや裏返しなども、昔はほとんど路傍の風景であった。畳刺しの仕事には暮らしに寄り添うテンポが生きていた。句は「仕事急くもの」に眼の認識が息づいている。静心なく舞う花吹雪のなか、孜々と仕事にいそしむ。日本的風物詩の典型を提示する句である。

明治生れの父のみ夏も魚好き　昭39

註に乃木《のぎ》夫人の挿話を付す。自刃の数日前、別れを友に仄《ほの》めかして、病気でもないのにと弱気をたしなめられた夫人は、むろん長生きしておいしい魚でも沢山に味わいたいとは望むが……と応じて、一切を微笑に紛らわし去ったという。「この一事、如何《いかん》とも堪へがたきものありて、我が記憶中よりつひに薄らぎ果つることなし」と草田男は述懐する。堪えがたしの感情はどこから来るのだろうか。想念は生のかなしびと食との身体論的関係に凝固しているようだ。「明治生れの父」とは作者自身か。エッセー「魚食ふ、飯食ふ」も想起される。六十三歳。

孤家《ひとつや》こそは舞台めくもの柿繚乱　昭39

ある特異な視点からする視線、心性的な偏倚《へんい》を帯びた視線を〈まなざし〉というのだとすれば、ことばを慣性の支配から解き放とうとする詩の営みは〈まなざし〉をよそにしてはあり得ない。「舞台」という空間も〈まなざし〉によって画されておればこそ非日常的な経験を予感する場たり得る。一軒だけポツンとある家は舞台めいて見える。一見平凡な感覚だが、密かに異化のエネルギーを蓄える。〈まなざし〉に応えて己を披いてくる存在の息遣いを「……こそは……めくもの」の呼応に聞き取ろう。現実と異空間との境を繚乱と書割る柿の秋である。

白馬すずし腰ゆ盛《も》り出て白総尾　昭39

馬のすべては臀部にあると某作家が書いていた。「腰ゆ盛り出て」のほとんど官能的な瑞々しさは、作者のよほどの馬好きを瞬時に納得させるに足る。認識が愛に導かれているときにのみ生まれ得る圧倒的な説得力こそ草田男の魅力だと思うことがあるが、この句などその好例と言ってよいだろう。〈白馬すずし振尾鳴り次ぐササラ〉という句もある。同じ昭和三十九年の詠だが、掲出句に比肩する。オノマトペ「ササラ・ササラ・ササラ」がほれぼれとするほど美しい。二句ともに〈原馬〉の頸部ならぬ臀部《でんぶ》を、鮮やかに形象化し得ていると言えそうだ。

汗の犬が追ふ鞍上の主と白馬　昭39

草田男全集第五巻の句集で〈夏来迎ふ白馬《はくば》四蹄を寄せ佇ちに〉〈白馬すずし腰ゆ盛り出て白総尾〉と共に三幅対を構成する最後の一句。先行二句の一見爽やかな印象とは対照的に、どこかゲルマン的なほの暗さが揺曳《ようえい》する。旧制松山高校時代から親炙《しんしゃ》したというデューラーの銅版画「騎士と死と悪魔」を俳句化する試みが昭和十九年になされているが（「騎士」群作）、句の曳く翳りは、おそらく、その無意志的なよみがえり（レミニサンス）と見て間違いはなかろう。「主と白馬」とある。聖別がひそかに三幅対の全体に及んでいる可能性さえ囁かれている気がする。

瓔珞しのび荊冠想ふ藤の下　昭39

この句は〈棚藤の連理の花や妻に遠く〉と〈獲物多くて帰心きざせり藤揺るる〉の間に置かれている。その布置から〈妻恋〉がライトモチーフであることは察するに難くない。イメージの流れを逐うと、先ず藤の総《ふさ》が「瓔珞《ようらく》」を導く。瓔珞はもともとインド貴族の装身具で、宝石類に穴をあけ糸を通して頭や胸をかざったもの。現世的栄光のシンボルだが、その〈栄光〉が信徒である妻を軸に価値を反転して「荊冠《けいかん》」という十字架のパラドックスを喚起する。情景はどこか中世騎士の純愛物語の一齣《こま》のようでもあり、稠密な言語空間が蠱惑《こわく》的だ。

風邪の児の押しきり唱ふ声の膜《まく》　昭39

無邪気な〈子供の情景〉に生じる小さな亀裂―命というやるせないまとまりの泛ぶ無明の闇が不意に透けて見える。子守歌や手鞠歌が怖いのはそのためだ。掲出句は写実の眼がほほえましさと同時に怖さを運んでいる。「押しきり唱ふ声の膜」―風邪のもたらす嗄《しわが》れから声を解き放とうと咽喉《のど》を緊張させている児は、ほんとうはからだのやるせなさを学習中なのだ。じっさいそうまでして歌唱を全うしなければならないのは、声がそして歌が、生成の暗闇から来て再びそこへ還る束の間を、からだの歓びとして、生きるからではないだろうか。

阿《あ》は一円吽は一線茅の輪あり　昭39

一円をなしているのは茅《ち》の輪、一線を描いているのはそれを支える地の水平。幾何学的抽象だが、言語的に織りなされている〈阿〉〈吽《うん》〉の呼吸が自ずと瑞気を孕んで、茅の輪を初日の形象かと錯覚を覚えさせる程だ。昭和三十九年一月、草田男は山中湖畔に宿泊して、純白の富士を中心に数十句を得た。「茅の輪」の句が二句混じる。いわば季節的異分子だが、群から孤立することを作品は少しも懼《おそ》れていないようだ。議論はいかようにもあれ、季題が世界の自己開示の最も確かな窓だとすれば、それは俳句が季節詩を超える窓でもあり得るだろう。

人種超えての「望郷」とは何晩夏の月　昭39

家族ぐるみで親交のあったドイツ人神父ナーヴェルフェルト師を、草田男は昭和三十九年の夏、軽井沢の別荘に招いて十一句を得た。これはその掉尾を飾る一句である。「……とは何」と問うているが、疑問はなかば修辞的、答えは予感されている。罪のために遠くへ流されることを〈流謫《るたく》〉というが、「人類超えての望郷」とは〈いま・ここ〉を比喩的に流謫の地たらしめる始原憧憬の感情に他ならない—それが信仰の、そして詩の、アルファでありオメガであると言いたげである。夏も畢《おわ》りの月を仰ぎつつ、二つの異郷が触れ合う罪の深奥を沈思する。

花紫雲英《はなげんげ》「疲れ負《お》んぶ」の草履裏　昭39

かつて、レンゲソウは重要な緑肥作物として水田の裏作にさかんに利用された。根粒に共生するバクテリアが空気中の窒素を固定する働きをするからである。菜の花や苜蓿《うまごやし》と並んで、日本のいわば原農村風景の演出に大きな役割を演じてきた植物である。開花期の、広大なピンク色の絨毯がなつかしく想い出される。〈「疲れ負んぶ」の草履裏〉は眼が懇ろに働いていて、いかにも草田男らしい、愛いっぱいの表現である。保護者の背で安心しきって睡魔に身を委ねようとしている幼児の姿に遠い日の自分が重なるのだろう。

教科書の重み負ひゆく枯野の子　昭40

箸にも棒にもかからぬなどというが、人間の可変性を信じない限り教育は成り立たない。「教えるとは希望を語ること」（アラゴン）である。そして、教えることのいわば柱に「教科書」がある。この句を先導するように〈一語にも対き合ひ余寒修道女〉が並んでいるが偶然だろうか。作者の意識の深みでは「教科書の重み」に修道女が聖句中の一語にも真剣に対き合う重みが重なっていたものと思われる。「教科書の重み負ひゆく」は〈十字架の重み負ひゆく〉を倍音のように響かせる。「枯野の子」も自ずと〈人の子〉の暗喩として働く。

万朶《ばんだ》の花と真如の月わが血の音す　昭40

「真如」とは「真実如常」の意、いっさいのものがあるがままにある、つまり万有が現在の秩序におかれてある、そのままの姿が永遠の真理であることをいう仏教用語。満月が暗闇を照らすように仏法が世の迷妄を破ることを比喩して「真如の月」という。いま、枝という枝を撓《しな》わせて咲き満ちている桜の上天に、皎々《こうこう》と満月が冴え亙《わた》っている。じっと見つめていると心が洗われて、血管の中をさらさら流れる血の音を聴くようだというのである。「我が血の音す」という身体感覚が冴える。心耳でとらえた真如―心身合一の瞬間だ。

駈けくる子等しばらく多し春の道　昭40

何げないが観照の深い句である。散策の途次、群をなして駆けてくる子供たちとすれ違ったのであろう。例えば運動クラブの練習とか、体育授業時のマラソンとか。何なら拍子木の音に誘われて紙芝居へと急ぐもっと幼い子供たちを想像してみてもよい。いずれにせよ年寄には眩しすぎる活力に満ちた集団をやりすごさなければならない。優先権が若者に譲られるその間の充実が「しばらく」である。暗から明へと移ろいゆく季節の観相から、それが詩的必然として感受されている。つまりは「しばらく多し」が作品の呼吸点ということなのだ。「春の道」が青春を暗示し句の肯定的な基調を作る。

楪夏木紅《べに》とみどりや縁結び　昭40

次女郁子《いくこ》の婚約を祝福して詠まれた句。ユズリハは光沢のある長楕円形の大きな葉を車輪状に枝先に互生させるが、初夏、新葉が育つのを見とどけてから古葉を落とすという特性がある。葉柄は赤味を帯びているので、特に新旧の交代期には、車の轂《こしき》にあたる部分が紅色を濃くして緑とのコントラストが鮮やかだ。世代の連続と交代のイメージを嘉《よみ》して楪《ゆずりは》は正月の縁起物とされているが、瑞祥《ずいしょう》感を夏木の樹相に見出し愛娘への祝意を託したのはいかにも〈生命の詩人〉草田男にふさわしい。この樹が雌雄異株であることも詩因にかなっている。

思ひ捨てて臥せしへ椎の夏木の声　昭40

「幻住庵の記」特にその結尾部分を久々に「……しかと読む」と前書する（傍点評者）。『猿蓑』所収の定稿は「……終に無能無才にして此一筋につながる」という有名な述懐につづけて「楽天は五臓之神をやぶり、老杜《らうと》は痩たり。賢愚文質のひとしからざるも、いづれか幻の栖《すみか》ならずやと、おもひ捨《すて》てふしぬ」と結び、末尾に〈先《まづ》たのむ椎の木も有《あり》夏木立〉の一句を添える。草田男は己が境涯を芭蕉に重ね、白楽天《はくらくてん》・杜甫《とほ》の二詩聖が詩ゆえに、あるいは五臓の働きを損じ、あるいは痩せ細ったというくだりに感動を禁じ得なかったのであろう。芭蕉句の〈詠みなおし〉による芭蕉評釈の趣がある。

眼のきれいな汗の老婆や母在《いま》さば　昭40

昭和二十七年七月十五日、草田男は母ミネを癌に奪われた。享年七十歳。十三回忌に際しての詠と覚しいが、「眼のきれいな汗の老婆」が無量の感慨を蓄える。草田男自身が、言うまでもなく〈まなざし〉の人。因みに、翌昭和四十一年には〈母の眼こそ凍天凍地の一髪へ〉と詠まれている。パール・バック『大地』の映画化作品を再見しての印象だが、女主人公の俤《おもかげ》「亡母に酷似す」と前書にある。一筋の白髪のような凍てついた地平を見やる映像に、福建省廈門《アモイ》で草田男を産んだ母を偲ぶ句である。ヒロイン役のルイーゼ・ライナーも眼のきれいな女優であったか。

仕事と歌声果断にやめて日の盛り　昭40

近頃は滅多に見かけることもなくなったが、例えば〈よいとまけ〉―仕事唄にあわせていっせいに縄を引いて滑車で重しを吊り上げ、頂点で縄をゆるめて地面に落とす。日傭《ひやと》いの地固め作業だが、リズムで仕事の単調をいやし、囃子詞《はやしことば》の面白さで仲間同士鼓舞しあう。休憩時間が来ると地響きも歌声もぴたりと止み、日盛りをふしぎな静けさが支配する。摂理のようなものが自己を貫徹するときのあの静謐感！　「果断にやめて」は精神が肉体にささげる讃嘆のことばである。リズムと休止とを一つのものとして生きる身体の秩序を讃《たた》えるのである。

正《まさ》しう聞きぬ呱々の声又秋の声　昭40

昭和四十年九月、日産句会のメンバーと伊賀上野に芭蕉生家を訪れての作。〈土間の秋ここをば帰郷と称ばではや〉という同時詠からも察せられるように、草田男は芭蕉と一体化して魂の〈原郷〉に帰るとの感慨に浸っている。芭蕉の「呱々の声《ここ》」が聞こえた。〈幻聴〉の切々たるリアリティ！　生家をとりまく現実の「秋の声」も、芭蕉を漂泊の想いへと駆り立てた往時のそれと一つになっている。時空を超えての渾融に言葉がすこしもどかしげでさえある。さきに本欄でとりあげた〈秋声や故友名づけし我が「犬耳」〉と心性的出自を等しくする句。

白足袋の中へ白足袋妻在らず　昭40

『火の島』に〈白足袋のチラチラとして線路越ゆ〉がある。掲出句の「白足袋《たび》」をこれと同種の換喩だとすると、妻の姿を求める〈まなざし〉がなぜ足もとに収束することになるのかいかさま不自然である。婦人達の動きの交錯を「白足袋の中へ白足袋」と換喩したのではなかろうということだ。ここはこう読みたい―物のレベルで（片方の）足袋の中へ（もう片方の）足袋が納められて在る。外出した妻が穿《は》きかえた足袋をそのように整頓していったのだ。妻の脱け殻の美しさが「妻在らず」の情動を激しく揺さぶる。草田男の〈羽衣伝説〉！

年頭躍筆墨条のみの白馬の図　昭41

墨痕淋漓《ぼっこんりんり》の白馬図―床の間に垂らされた一幅の軸か、それとも描線一気の書初か、配達された年賀に添えられていた小さな装画か。干支《えと》は六十年の周期だが、陰陽五行説で丙午《ひのえうま》は奔放な火の性質を持つものとされ、深刻な迷信を庶民の生活感情の深層に浸透させることになった。とりわけ女性の運勢にとって大凶とされ、この句が作られた昭和四十一年丙午に於いてすら女子の出生率は激減を見ている。だが、根深く〈知〉の基底を侵蝕する俗信の干支的属性とは正反対に、句は瑞祥の気を漲《みなぎ》らせる。〈原馬〉の詩人草田男の雄渾の一句。

母の丈程よく凌ぎ春着の娘《こ》　昭41

「程よく」は気分的な尺度だが、この句では些《いささ》かもそうではない。「程よく」とは〈中庸〉を得ているという感覚に他ならないが、昭和三十三年夏、青森の大会で明言されたように、草田男の〈中庸〉は足して二で割るような世間知的なほどよさではなく、「絶対的な一つの道」として観念されている。処世の相対的賢しらとは逆に、ラディカルな価値要求が運命的に課してくる実存のありようだ。尤《もっと》も掲出句の「程よく」はいちおう美的判断だが、それが詩的必然として働いていることに注目しよう。作品に人間頌歌のまばゆさが溢れる所以だ。

雲引くかに乙女と真綿引きし日はや　昭41

幼い頃、日当たりのよい縁側で母と対面して綿を引きあった記憶がうっすらと残っている。ふかふかと柔らかで光沢のある真綿を薄く引きのばして、やや黒っぽい質の劣る綿の上に被せて布団を整える—そういう冬支度の一部を私は手伝わされていたのだろう。「綿打ち直し」と硝子戸《ガラスど》に貼紙されているのを街角で見かけることの珍しくもない時代だったが、それが母の手作業のどの部分とどう係わっていたのか、はっきりしない。句は「雲引くかに」の浪漫性が懐かしさを一杯に膨らませる。「乙女」とは若き日の直子夫人だろうか。

土竜の土も芯よりひらき初蒲公英　昭41

子供の頃、庭の芝生の土がこんもりと隆起しているのを訝《いぶか》しんでいると、モグラの仕業だと母が教えてくれた。霜のキラキラと光るある朝、その死骸を見たことがある。指先に鋭い爪のあるシャベル状の大きな掌、退化して見えない目、長く尖った吻《ふん》—地下に迷路を掘る暗黒の工夫モグラ！　子供心にまばゆくも誇らかな経験であった。その後モグラを見ることは絶えて無い。句は「芯よりひらき」が蒲公英の開花と形状的に呼応して、艶《つや》やかな早春の空気を感じさせる。土のもりあがりも蒲公英の開花も天へ向っておのれを抜くいのちの証。

白木蓮《はくれん》や朝の雀はよく尾を起《た》て　昭41

赤ん坊の健やかさの目安は特定の症状の有無よりは全身状態の良し悪しだという。きげんがよく、食欲があり、動きが活発で、顔色も冴え、よく眠る—赤ちゃんが元気なしるしだ。嬰児《えいじ》は自分の体調を言葉で知らせることができないから、養育にあたる人の観察力がものをいう。一般化すれば、よくものを見るのは愛のひとつのかたちなのである。句は「よく尾を起て」が〈超越〉の契機を秘めるまばゆいフレーズ。睡眠が足りて活発に動きまわる朝の雀—〈元気〉を急所でおさえる観察眼の冴えは草田男が〈愛の人〉であることを物語る。

大河へ飛泉われ外国《とつくに》に行くなからむ　昭41

〈海彼のうから衛《まも》れや雲雀高揚がりて〉〈長孫次孫頬ずり為合《し》へゆすらうめ〉などと並んでいることから、句は渡米中の長女三千子一家に思いを馳せての作であることが察せられる。長孫は葉子（六歳）、次孫は真理子《まりこ》（四歳）。「大河へ飛泉」は届いた絵葉書か写真かで見るナイアガラ瀑布《ばくふ》の雄姿であろう。草田男は清国廈門で生まれ、三歳で帰国して以来、ついに外遊の経験をもたなかった。そこに無量の感慨が宿る。とはいえ彼の生涯は〈外国〉を象徴的に常住坐《ざ》臥《が》これ〈異郷〉という実在認識へと深化する詩人の内的必然に貫かれていた。

つくつく法師筑紫もとより四国恋し　昭41

〈つく〳〵ぼうしといふせみは、つくし恋しともいふ也。筑紫の人の旅に死して此物になりたりと、世の諺にいへりけり〉と也有《やゆう》は俳文集『鶉衣《うずらごろも》』の「百虫譜《ひゃくちゅうのふ》」に書いている。法師蟬は望郷の化身なのだ。摩擦音「シ」のきわだつ蟬声にふるさと松山への郷愁をのせて、あれは四国恋しとも鳴いているのだという句である。だが、句の射程はそこに尽きない。也有は右の引用を承けて、蜀帝《しょくてい》の魂がほととぎすに変身して雲間に叫ぶという中国の伝説を想起している。掲出句が言葉の戯れに託しているのも詩人の〈始原憧憬〉の心情だろう。

蝙蝠や見つからざりしかくれんぼ　昭41

鬼が目隠しをしているうちに四散して物陰に隠れる。最初に見つかった子が次の鬼になる。〈かくれんぼ〉の基本的なルールだ。初めの鬼はじゃんけんで決め、次々と鬼を交代しながら遊びつづけ、蝙蝠が活動をはじめる夕暮になって漸《ようや》く家の灯が恋しくなる。この句は息をひそめて隠れているうちに置き去りにされてしまった不条理体験の回想と覚しい。児戯がしばしば無邪気さの底に隠しているペーソス――「見つからざりし」にはどことなく神とのかくれんぼが翳っている気配がする。ひそかに〈遺棄〉が想われているのかもしれない。

寒蟬《かんせん》鳴き熄《や》む雀がめくらとなる刻に　昭41

肌寒を覚えるようになってもまだ鳴いている秋蟬も、雀の目が見えなくなる日暮には静かになるという意か。句には謡曲「俊寛《しゅんかん》」が影を落としているように思える。〈寒蟬枯木を抱《いだ》きて、鳴き尽して頭《かうべ》を回《めぐ》らさず（＝あの深秋を鳴く蟬も枯木にしがみついて命の限りを鳴き尽し、身動きもせず死んでしまう）〉とある。「拙僧さながらに」という俊寛の嘆きだ。そこへ大赦を知らせる船がきて狂喜するが、同罪三人のうち彼ひとり孤島に置き去りにされることが分る。その肺腑をえぐる結末の物まねが、草田男は得意だったとか。雀躍のあとの悲傷！

綿虫や故人拐《さら》はれ行きしが如　昭42

死は不条理である。それは、愛するものとの意に反しての別離を意味するからだ。死にゆくものだけではなく、遺されるものにとっても死は不条理である。句は〈拐はれ〉と言っている。なにか途方もない他者の力によって愛するものを奪い去られるときの心的反応―かつて民衆が〈神隠し〉という語に籠めた感情と、それはほとんど質的に等価なのだ。いつかその人が身辺に帰ってくるという思いが近代知の分別に抵抗する。〈拐はれ〉の前提には死者への切々たる〈恩愛〉の感情があろう。「綿虫」の泛ぶ空間は土俗的な幽明の閾である。

緑青の粉をこぼしつつ土筆ぶり　昭42

シダ植物のスギナは、三～四月、鮮緑色の新しい茎を芽生えさせる前に、淡褐色の胞子茎を立てる。いわゆるツクシである。摘んで食用にするには穂が開いていない若いものを選ぶ。新聞紙などに拡げてハカマの掃除をしていると、緑色っぽい筆状の穂先から細かい埃《ほこり》のような胞子を飛ばす。放散がけむりのようにも見える「緑青の粉」である。「土筆《つくし》ぶり」のぶりは、武者ぶり、男ぶり、慌てぶりなどというときのぶり、そのものの存在様態を強い関心をもって注視する接尾辞。むせるようなエロティシズムを匂い立たせる生命頌歌だ。

梅馥郁水と火のある一軒家　昭42

神話は水と火の匂いに満ちている。神の火を盗んだプロメテウスは岩山に鎖でつながれ、鷲に肝臓を啄《ついば》まれるという罰を科された。創世記にみえる大洪水の物語も知らぬ人はない。この春（平成二十三年）、列島を震撼《しんかん》させた大津波と原発事故は神話の寓意が今なおその輝きを減じていないことを痛感させた。自然に対する〈傲慢〉と〈畏怖〉の二契機を担いながら、水と火は大昔から人類の生存に必須的に係わってきた。つきつめてみれば、自然認識の深化は根元的な敬虔《けいけん》の学びでなければなるまい。句は暮らしの最小単位に健やかな水・火・人の協奏を「梅馥郁《ふくいく》」で祝福する。

よき人の家の裏手へ薺《なづな》路　昭42

ナズナほど雑草らしい雑草はないだろう。田の畦や道端や堤など、日本国中どこにでも生え、だれでも知っている。いわゆるペンペングサである。三味線のばちのような形をした扁平な逆三角形の実を結び中に細かい種子がぎっしりと詰まっている。形状からヨーロッパ諸語で〈羊飼の巾着《きんちゃく》〉（例えば、英 shepherd's purse、仏 bourse-à-pasteur など）というすてきな名前をもらっている草だ。それを意識しながら読むと、句にメルヘン的なふくらみが増すようで愉しい。「裏手へ」は懇ろな措辞と言わずばなるまい。作者の愛のまなざしを感じさせる。

菜の花やマラソン練習終始二人　昭42

トラックの長距離ランナーがいきなりマラソン競走に出場して、前半はトップを維持しながら、後半で崩れて期待はずれの成績に終ったことがある。テレビで応援していてあらためて〈練習〉の意味を悟らされた。いかにも単調なくりかえしのなかに綿密な計画・緻密な方法・競技の特殊性への洞察をふくむ〈練習〉という肉体馴致《じゅんち》の哲学、それはとりわけマラソンにおいて際立つようだ。菜の花の黄に染まる都市郊外のストイシズム！　ランナーとコーチとの間にある信頼のかたちが傍目にもまぶしい。「終始二人」が感動の措辞。

耕せし土指して問ふ指して答ふ　昭42

あらためて指摘するまでもないことだが、日常生活の言語的コミュニケーションの特徴は状況への依存度が高いことである。論理的には無用の繰り返しや、身振りの多用などもその一つの顕《あらわ》れであろう。しかし文章語には綿密に表現効果を計算した繰り返しもあって、それを修辞学で特に〈反復法〉と呼んでいる。掲出句の「土指して問ふ指して答ふ」もそれだ。日々の生活的関心（＝耕作）を仲立ちとしての問答の愚ろさをなぞることで、修辞は素朴な農民の心性を喚起し、草田男のゲルマン的精神風土を映し出す鏡ともなっている。

夏草や刃のここが切れここが切れぬ　昭42

これも前句同様〈反復法〉の見本だが、「刃のここが切れここが切れぬ」は、その即物性がいっそう剛毅木訥仁《ごうきぼくとつじん》に近きを思わせる。草刈鎌の不如意をかこつ訴えをそのまま俳句定型ですくい取ったような作品だが、身振り言語とすれすれの、ここ、ここと、切れる刃・切れぬ刃をさししめす指先を彷彿《ほうふつ》させる素朴きわまる措辞が、かえって言語的資質の非凡をうかがわせる。現実の非洗練を敢《あ》えて模することにより、隠れた美質が逆説的に顕在化する。修辞というものはやはり実在を喚起してこその修辞であることを知らねばなるまい。

山の朝日苺のために地を這へる　昭42

朝日の影が地表を這って、斜面のイチゴ畑まで届いている。「苺のために」と目的論的に措辞されているのはどうしてか。「朝日」はなぜこの植物の「ために」「地を這」わなければならないのか。それはイチゴが這うから朝日も這うのである。イチゴは葉腋《ようえき》からランナーと呼ばれる蔓《つる》状の茎（＝匍匐枝《ほふくし》）をだし、それに数個の子株をつけて繁殖する。這うことで新しい土壌に新しい世代を根づかせる。陽光が地を這うのはそのいのちのかたちへの存問の懇ろさなのだ。自然界におけるいのちの呼応に注がれている〈愛〉のまなざしが熱い。

花下に呼ぶ黄色の父母と黒の父母　昭42

米国の黒人歌手ハリー・ベラフォンテは母の故郷ジャマイカの民族音楽（カリプソ）のアルバムで一世を風靡《ふうび》した。句は彼が歌う日本古謡「さくらさくら」（さくらさくら、やよいの空はみわたすかぎり……）をレコードで聴いて詠まれたもの。草田男の泣き虫は自他ともに認める所だったようだが、前書にも〈つひに涙を押ふること能《あた》はざりき〉とある。句には人種差別への怒りと人類普遍の愛のペーソスを籠める趣があり、こう言ってよければルサンチマンの幻想的昇華が光彩を放つ。同年作の〈身体髪膚皮膚黄がゆゑの原爆忌〉の残響もききとれよう。

Ⅶ

許されと引受け

――ラザロ体験の射程（評論1）

草田男が年譜中に、自ら「天地の幔幕《まんまく》たゞ両断さるゝ、ある異常なる心理的体験」と書き記した事件に遭遇したのは二十一歳の時であった。キリストによって墓から蘇ったラザロの物語に因んで、後に「ラザロ体験」と呼ばれる透徹した虚無体験で、その後の「内的外的生活を規定せずには置かなかった」出来事である。後年、五十七歳の草田男は「それから相当永い年月の間に、私は私の故友や生ける妻やの愛によって、又、俳句という文芸とそれに没頭することによって、右の体験からくるものすべてに次第に打克っていったのである」と「個人と自己」というエッセー（「俳句」昭和三十三年二月号）に書いている。それから三年後の六十歳の時に、俳壇の軋轢《あつれき》が引金になったと言われているが、強度の神経衰弱にかかり、二度目のラザロ体験をする。これについては「……一刻も弛むことのないその凄まじい眼差しを見れば、父がどんなに凄まじい空虚を見つめながら生きていたのかは良くわかった」と中村弓子氏による証言がある。弓子氏は更にこう書いている。

第一の「ラザロ体験」に打ち克たせたものこそは俳句という文学であったけれども、第二の「ラザロ体験」はもはや文学では、あるいは文学だけでは打ち克ちえないものだった。それまで俳壇の論争には悉くドン・キホーテのように、しゃにむにぶつかって行かずにはおれない父であったが、これ以後は、俳壇からほとんど身を引いてしまった。これ以後、亡くなるまでの二十年間、父はほぼ恒常的に躁鬱状態を繰り返していったのであるが、その二十年間、どんなに陽気なときでも父の顔はどこかかすかに「失恋した人」のような表情を孕んでいた。（中略）そして父のその「失恋」は根本的には、絶対の探究者としての詩人《デイヒター》、という父独自の定義の「詩人《デイヒター》」の探究する絶対が、「向日性」の中ではとらえきれないと感じたところにあったのだ、と思う。だから、その「失恋」は、新たな次元でのみとらえうる絶対に対する漠とした、しかし深く大きな「やるせなさ」でもあったのだ、と、今にして私は思う。（「全集別巻解説」平成三年十二月）

深い愛情から発する陰影ゆたかな証言であり、草田男の思想を生涯の起伏に沿って考察しようとするとき、ひとつの座標軸を提供するものと言えよう。ここで暗示されているのは、第二のラザロ体験がニヒリズムと信仰の分水嶺《れい》に、あるいはニーチェと聖書の結節点に定位することであろう。そして明示されているのは「向日性」をも「やるせなさ」をも必然としてもたらしている「存在」への関心の持続―絶対の探究―であろう。これより先、後に草田男に関する発言を集成した書物にタイトルを提供することになる弓子氏の小文「わが父・草田男」（「俳句研究」昭和六十三年八月号）にも、六十歳のラザロ体験が詩人の生涯をその前後に画然と分つ体験となったという証言が見られる。その証言の後で、弓子氏は「父の死後に出たさまざまの論者の草田男論を読むと、父のキリスト教とかかわりを含め、父における『文学』を『芸』に還元させてしまおうとする傾きが見える」と指摘している。わたしはその指摘に触発されてこの小論を書いているのだが、ではなぜ「芸」への還元が生じるのか。

「芸」と「文学」という二極の統一が、作品としては、飽くまでも俳句性、つまり芸の極をかいくって達成されなければならない、要するに普遍は特殊を通して表現されなければならない、という内的要請が先ずある。これは草田男自身によって強調されていることでもあり、また、ここにおける特殊は伝統の軛《くびき》を負う極めて強《したた》かな特殊だということもある。加えて、対極にある思惟の項が絶えずデカダンスに脅かされている。思想の中味は処世的な或いは教養主義的な常識へと慣性化し、悪しき意味での花鳥諷詠イデオロギーのうちに緊張を解消してしまいがちである。しかしこれらは草田男自身が繰り返し警告していたことであろう。俳句とは何かという問いを生涯を通じて反復するなかで、芸と文学の二極化へと作者の意識を立ち返らせようと執拗《しつよう》な努力がなされている。それにも拘《かかわ》らず、傾斜が生じてくる。それならば、草田男精神の〈継承〉を云うとき、草田男において俳句とは何かという探究を必然化している「詩人」(Dichter)の世界認識そのものを、場合によっては草田男自身の意識の底にまで突き抜けて、再吟味することが必要だろう。なんであれ精神的課題の継承は、その課題そのものを生み出している根底を共有することによってしか果たしえないからである。現象をではなく、それが出てくる根底を共有するのだ。このことは伝統の継承と克服とを考えるときに、草田男自身が常に強く意識していたことに他ならない。そして根底は、根底であるがゆえに、いつでもどこでも永遠に通じている。

＊

「現代俳句の問題」と題する金子兜太《かねことうた》氏との論争書簡(「俳句」昭和三十七年一月号)は心なしかラザロの危機から蘇った生命の躍動が行間に溢れ出ているようで、まことに感動的である。

草田男はこの論争において「季語・季題に拘束された俳句的世界から解放されて、自身に思想・感情を表現したい」という無季容認の主張を根本的な錯誤として斥け、俳句のような短小形式を「生きた作品」たらしめるためには、「心のとまった」季題の中に「心をやどらしてしまう」ことが必要であると説いている。草田男の意を体して言い換えれば、季題がその折の思想・感情の等価物となるほどにまで、「両者を混融せしめてしまう」のである。季題は作者の背後にある無形世界を伝達する象徴機能を担わされることになる。いわゆる二重性の世界として芸と文学の二極構造が季題を核として立体化されるのである。草田男はこの季題の象徴機能、有機的作用を単に表現過程において捉えるだけでなく、把握過程においてこそ必須であるとしていることに注意しなければならない。作者の内的世界が作品において自己を成就しなければならず、しかも把握過程においてこそ季題が必須であるということは、表現のレベルでの主体の操作——「念頭操作」による思想の持込み——が姑息《こそく》な知的介入として排除されるということだ。「対象に臨む作者の人格と全知能と全存在」とを打って一丸とした総体が、観念ではなく一個の生命体として季題を通過しなければならない。このことは大胆な言い方をすれば、生理的等価物となる程にまで、思想が肉体化されていなければ叶うことではない。詩人の言葉が「存在」の顕現となるような、このような成就こそ純粋態における詩人の思想表現の在り方であり、俳句はとりわけ極端な短小形式ゆえに、それを宿命として課されているという認識である。草田男はこの宿命を恩恵に転じようとしている。金子兜太氏との論争で、季題の働きについて語りながら、「許され」という言葉が用いられていることは看過できない。この宗教的含蓄の濃い概念を草田男は直接的にはニーチェに借りている。必ずしも文脈に一致しないことを断りながら草田男は「芸術家というものは才能を持つだけでは充分でない。その才能を持つことの許されをも同時に持たなければならない」という哲学者の言葉を枕にして、意識や愛憎の作用から遮断された「もうひとつ以前の存在としてのゆるされとしてのギリギリのリアリズム下にある実相」を季題を通してあらゆる存在において根深く把握しなければならない、と言うのである。そして自らの実践原理を次のように要約している。

……「季題」が契機となって、内外呼応して呼びさまされる真実を、有機的に具体的に作品化してゆくことを旨としているばかりであります。つまり、多元の自己内容が、一方では俳句的にきびしいリアリズムのあらいにかけられることを望み、真実としてのゆるされを得たもののみを、然《し》かあるかたちで誕生せしめようと念願するものであります。

比喩的に言えば、季題がふかぶかと働きだすとき、存在の光が季題という小さな窓から射し込み、俳句という極小の詩的構造体を満たす。そのとき詩人の自己内容の多元が一挙に開化する。これが俳句という詩における詩人の「真実」である。稀有の瞬間に、真に血肉化されたもののみが醇乎《じゅんこ》たる形を与えられる、それをこそ「許され」というのである。その認識に基づいて、虚子の「客観写生」の唱えを「自然という客観界、実在界の存在を一旦とおすことによってのゆるされの鍛錬」として根底から把握し直しているのは、現代俳句史に於て、画期的なことと言わなければなるまい。これより早く、「俳句の命運」をテーマとする座談会（「文藝」昭和三十二年二月号増刊号）でも、季題はひとつの認識の契機、「許され」の場として捉えられている。更に早く「現代俳句の基本」と題する対談（「現代俳句」昭和二十三年二月号）では、「写生」という用語が主体没却を思わせることを慮《おもんぱか》って、他の言葉に変えたらどうかという趣旨の孝橋謙二《こうはしけんじ》の提言に対し、写生は「写すこと」でもなく、単に外界を「受け取ること」でもなく、自己内容が季題を通して外界と一つとなり「天地古今に『存在をゆるされる』方途」と考えるので、不都合はないと答えている。時空を超えて永遠なるもの絶対的なるものが〈いまここで〉具体的な生を貫く。そこに詩的創造の真実が卜されるという考え方は、深浅の差はあれ、また顕在・潜在の差はあれ、生涯を一貫しており、詩人草田男がその視座を離れて物を言ったことは一度もないと断じてよいほどのものである。

存在の側からの許しには、主体の側の意思の整えが当然対応していなければならない。それを仮に「引受け」と呼んでおこう。同じ対談で、孝橋謙二に対して、草田男は「私は自分の抒情の真実さというものが、単に自分の中だけに所以を持っているというのは力弱い気がして、云ってみれば天地の間に存在を許されるというものに根をおろして、自分の抒情をつかみたいという気持ちがある」と呼応の気息を洩らしているが、「引受け」は「許され」と表裏の関係に立つのである。

「忘れ得ぬ断章―芭蕉の『芳野紀行』」と題する小文（「週間読書人」昭和三十八年十月七日）

では、この紀行文冒頭の「百骸九竅《ひやくがいきうけう》（注＝肉体）の中に物あり、かりに名付けて風羅坊といふ。誠に羅《うすもの》のかぜに破れやすからん事をいふにやあらむ。かれ狂句を好むこと久し。終に生涯のはかりごととなす」を挙げ、草田男は、芭蕉の俳論の大部分が教育的な意図に発する方法論に属するものであるのに対して、この部分が詩人としての芭蕉個人の対人生態度を本質論として述べた殆んど唯一の例であると言っている。自己という存在の不思議と、生を宿す肉体が無情の嵐に晒《さら》されている事実の恐ろしさとに覚め切って、不安と動揺を脱して救済に達しようとするこころざし、それが文芸道の発端であったことを物語る行分として注目しているのである。そしてこれに続けて、

しかも「狂句」（世間一般の眼には狂《きちがい》じみた無用物と映るに相違ない俳諧の極小世界）に解決の一切を賭したことを示している。

と草田男が書くとき、この実在的不安を発端とする芭蕉の道程に、例の存在体験―最初のラザロ体験―を発端とする彼自身の道程が重ね合わされていることはほとんど疑いない。「極小世界」という言葉にかけられているであろう負荷にも留意しておきたい。この小文は、遁世を許されない現代人として、芭蕉より重い「二重の十字架」を背負うという「引受け」の決意の披瀝《ひれき》をもって結ばれている。つとに、日野草城《ひのそうじよう》とのミヤコ・ホテル論争の一部をなす文書「尻尾を振る武士」（「新潮」昭和十一年七月号）にも「俳句として純粋になろうとすれば生活から

遊離する、生活に於て豊富になろうとすれば、俳句として混濁する。現代の人間生活と俳句道との、此の身を引き裂かれるような矛盾を見事に押し切って、昨日に異なる今日の俳句を立派に生みつづけて行こうとすることは、一応や二応の覚悟で出来るものではない」という言葉が見える。こうした「引受け」の主題とそのヴァリエーションは、草田男の生涯を通じて、その詩的業績の至るところに指摘することができるはずである。

しかし「引受け」が「許され」の裏面だとすれば、それは日常的な意味での単なる覚悟ではない。草田男は俳句を「畸形《きけい》に近い短小形式」と呼ぶ。そして無限に自己内容の拡張をこころざす人間的欲求に突き動かされる者として、小さすぎる器を前にして苦渋の思いを隠さない。それならばなぜ短歌を、自由詩を、散文を志向しないのか。もっと自由なジャンルへの勧めを山本健吉《やまもとけんきち》など幾度か口にしている。しかし草田男にとっては俳句はついに宿命の詩であった。畢竟「引受け」とは、芭蕉の場合も明らかにそうであったように、なぜ俳句という形式を究極の形式として選択するのかという、詩的実践のぎりぎりの根拠にかかわる問題である。たまたま此の詩型に縁が生じた所以を問うのでないことは言うまでもない。それについてはさまざまな偶発的要因が指摘され得ようが、それは此処ではどうでもよい。大事なのは、詩型のある種の欠落を恩恵に転ずる魂の機序である。言ってしまえば、俳句という短小形式が無限世界のなかに投げ出された人間の条件をラディカルに象徴しているという認識がバネとして働いて起る価値転換、短小形式を恩恵として受けとめる価値転換である。こう言えば突飛に聞こえるかも知れないが、パスカルの「考える葦」と同じパラドックス（逆説）を生きる詩として、俳句のぎりぎりの可能性が草田男に差し出されているということなのだ。念のため断っておくが、私はこの思想家の名を影響関係の証として持ち出しているのではない。構造として言及しているのである。「考える葦」とは、かみ砕いて言えば、時間的にも空間的にも無に等しい脆弱《ぜいじゃく》な存在でありながら、絶対的な価値要求を放棄し得ない「人間」のイメージ―卑小と偉大との逆説的結合体―に他ならない。まぎれもないことだが、草田男にとって、極小の身体性と魂の絶対志向とが分ちがたく結ばれている詩が俳句なのである。そして、その結ばれのなかで「引受け」が「許され」とののっぴきならない緊張関係を生きるのである。兜太氏との論争が明らかにしているのは、そうしたぎりぎりの「引受け」があればこそ、生かされねばならぬ短小形式に生命を通わせるものとして、季語もひとつのパラドックス―「許され」の真理形式―を生きなければならない、ということである。もちろん詩人自身はそういう言葉で語ってはいないが、それがなければ、草田男に深く浸透している或る種の悲劇性が説明不可能になるだろう。さきに引いた「二重の十字架」という言葉には比喩以上のものがある。それは大胆な言い方になるが、本質的には受難と同じ構造をもつ「許され」であり「引受け」なのだ。

＊

兜太との論争書簡の末尾には、こう書かれている。

……伝統を負うとは、先祖が罪悪たらしめた源をも、先祖が栄光たらしめた源をも、併せて一つの「必然性の源」として負いきることです。そうして、先祖からゆだねられたその精神的な遺産源を自己の責任において、絶えざる刻々の実践の場において、罪悪に転落せず、光栄の場へと一歩々々高めてゆこうと、不断のたたかいをたたかいつづけてゆくのです。なぜなら罪悪と光栄の源は本来一つなのですから。

ここでも用語に鈍感であってはならない。「罪悪と光栄」とは俳句という小構造体に引き据えて見れば、むろん、単なる季節の標識と観念されがちな季題が「許されの場」でもあり得るし、「畸形的短小形」が同時に「紡錘形の結晶」でもあり得ることに対応している。しかし、この立言を根底において支えているのは、俳句という極端に小さな詩的構造体と、肉体を負う有限な人間の存在論的条件との間に、暗々裏に遂行されている重ね合わせであるに違いない。現にこの行文は「われわれが高く天翔《あまがけ》ろうと欲するとき、先祖の魂が一緒に天翔らない限り、どうしてそのことが可能であろうか」というニーチェの言葉を引金にして書かれている。「引受け」はその具体的な在り方として、闘争と克服というイデーに媒介されているが、有限な存在であるわれわれは、出自である「先祖の魂」から力を汲みながら闘うのでなければ、克服は叶わない。だからこそ、伝統によって課されている条件の一方—この論争においては「季題」(「先祖の魂」の通路)—から離脱することは、絶対の探求者である詩人の真理形式「許され」のパラドックスから離脱することに等しく、伝統からの離脱を伝統の克服と取り違えてはならないとされるのである。伝統の克服とは季題という矛盾を超えて、生命あるものを生みつづける営みそのものだと草田男は言う。そして—詩人の言葉を要約して示せば—主観と客観、意識と実在、内と外、個と全、叙事と抒情、あらゆる相反要素が集中して相鬩《あいせめ》ぐ一点が季題であり、この一点に俳句の命運が賭けられていると言うのである。してみると、季題は単に歴史の偶然から生まれた約束ごとではなく、存在の光を受容する窓でなければならないだろう（いかに盲窓《めくらまど》の多いことか！）。草田男は俳句という生命体を生みつづけてゆく伝統という「母胎」を意識しながら、自らを「守旧派」ならぬ「守胎派」であると宣言して議論を結んでいる。

＊

草田男の内部でニーチェがもう一つの重要な契機である聖書といかに結びついているか、それは別途に考究を必要とする難しい問題であろう。いまは、二つの力によって高々と押し上げられている詩人の姿を垣間《かいま》見るだけで満足しておこう。だが、くどいようだが、有季定型という制約が俳句に課せられているということは、同時にそういう形で俳句に「存在」が保証されていることでもある。その認識こそが、詩人をして「許され」を語らしめていることは疑いないのではあるまいか。第二のラザロ体験を証言する名高い一句、「ラザロの感謝落花の下《もと》に昼熟睡《まどろ》み」における「感謝」には「許され」の悦《よろこ》びが託されているのではないか、と思う。ラザロの境位から詩人を引き揚げる力—恩寵と呼んでよいような力—、宗教的な用語を避けるならば「大地」あるいは「故郷」からの呼びかけとも言える力に働かれ、個別と普遍との媒介者、ディヒターとして、歓喜のうちに存在の高みへと運ばれる草田男を、ここで想像してみることもできる。しかし、ラザロ的境地の真空を満たすべく圧倒的な力で光が侵入し氾濫する、そういう瞬間—価値の符号が反転する瞬間—が実際にあったかどうかは誰にも確言できない。あったとしてもそれが人に語られることはなかろう。「許され」は光であるが、光を閉じ込めようとしても闇を閉じ込めることにしかならないとは、「考える葦」の絶対探求者が言ったことだ。テクニックの言説は光を閉じ込めようとして、かえって自らの存在の墓場と化してしまうからである。その怖さを草田男は凝視していたのに違いない。しかし、このように考えると、草田男の意味において、俳句という営みは限りなく祈りに接近する。追えば去る者、しかし追うのを止めれば追ってくるもの、それを草田男と共に凝視することが〈継承〉の根底になければならないとすると、やはり、めまいを覚えざるを得ないのである。

（追記―「祈りに接近する」と書いたので少し補足しておく。このことに関して、「芸」の問題をめぐる、草田男・森澄雄《もりすみお》・原子公平の鼎談《ていだん》（「俳句」昭和三十年六月号）は極めて示唆に富む。ジャン・ルイ・バローと比較してルイ・ジューヴェの演技に「祈り」と通底する要素を見ようとする内村直也《うちむらなおや》の言葉を紹介しつつ、草田男は「芸」は念頭の理知操作を超えた処に達しなければならないと説き、「……でき得るかぎりのことを自力で果たし尽して、そのギリギリの可能の限度へ達したとき、それ以上を、そのままで、なお自己が全幅的にすべてを負いつつも、（……）自己以上の力へ委譲することなのだと思う」と述べている。私には、理性の力を尽しての探求の頂点に、理性の品位、理性の矜持として、「理性の服従」を位置づけたパスカルの言説がここでも自然に思い起される。この絶対探求者との類似はとても偶然とは思えず、精神の系譜ということを考えないではいられない。「祈り」は比喩でありながら、これまでの考察に照らして、それ以上のものがあると思うのである。自己の歩みが遂には〈愛の秩序〉に包摂されることを草田男は感じていたに違いあるまい。人が祈るのは働かれて祈るのである。この鼎談で草田男は「祈り」は「誓い」だとも言っている。つまり、小論の趣旨に添って言い換えれば、「許され」と「引受け」である。）

＊

〈継承〉という観点から、ここで草田男の「中庸」概念についても少し触れておきたい。

後進を脅かすデカダンスを見透かすかのように、草田男は戦後の混迷がまだ色濃く尾を曳いている頃、「抒情の変革」をテーマに行われた座談会（「俳句」昭和二十九年三月―四月号）において、すでに二つの憂慮を表明している。一つは「文芸として俳句の本質を守るという正統派的立言によって単なる類型を固守しようとすること」、いま一つは「私共の生きた生活の基盤から詩を生むということを正統派的立言形式として、庶民の歌というような唱えで現状肯定の無自覚さが保持されようとすること」、この二つのデカダンスへの憂慮である。端的に言えば、俳句の逆説性を見失うことからデカダンスが始まる。草田男は昭和三十三年の全国大会（青森）で自らの道を「中庸」という語を以て定義した。選者成田千空は、平成八年の萬緑五十周年記念全国大会（千葉）に於ける挨拶と、平成十年の全国大会（大阪）に於ける蛇笏賞受賞記念俳話で、先師を回想しながら、「中庸」の精神について語った。そのとき、まだ記憶に新しいところであるが、「中道」ではなく「中庸」であることが繰り返し強調された。その意図するところは草田男のいわゆる「中庸」が折衷主義ではないということである。俳句の逆説性のラディカルな把握が押し出してくる詩型の論理と倫理が「中庸」であり、それは絶対の探求の中でしか維持できない「中庸」なのである。いみじくも、草田男の講話の標題が「中庸ならぬ中庸の道」であったことが、既に、そのことを物語っている。絶対の探求者に「許され」ている唯一の真理形式はパラドックスであり、それを身をもって生きる詩が俳句であるという認識の上に立つ「引受け」がなければ、およそ手加減ということを知らぬこの論争家の語彙《ごい》に、「中庸」が中心的地位を占めることなどあり得よう筈がないではないか。草田男に於て「中庸」は十字架のパラドックスなのである。処世的デカダンスの「いやらしい中庸」ではないと詩人自身がクギをさしている。その「中庸ならぬ中庸」を負いつづけることこそ、草田男のまねびではなかろうか。成田千空の「熟成」の概念には、「中庸」精神継承の―たたずまいこそ極めて静かだが白熱的な―ひとつの在り方が窺えるのではないか、と私は思っている。

*

ラザロ体験への言及から始めた小論を、この体験の根源的な性格にもう一度目を注ぐことを以て閉じることにしよう。草田男を二度にわたって襲っているラザロ体験を精神心理学的な現象に還元してしまうことからは恐らく何も見えて来ないであろう。この虚無体験の内容は、世界が実生活との関係で持っていた分節を失い、時間の停止した無色の無機的空間と化することである。つまりそれ自体としては生と死の境界を取り払ってしまうニヒリズムの体験である。しかしこの価値指標ゼロの体験は、それをゼロたらしめている無限者をネガティヴな形で立ちあがらせているという意味において、いわば凹型の神体験であるところに意味があり、そしてそこにしか意味はない。詩の問題との関係で言えば、言語と対象との間にある慣性的な安定―

日常的価値の強固な支えとなっている安定——が、だしぬけにグロテスクな形で、その虚偽——仮装された実在性——を暴露される、ということだ。まさに「存在」の痛烈なイロニーなのである。日常的現実の仮象性が無によってあぶりだされ、実用的言語——散文——が失効する背後で、詩の言語の胚胎する機序が潜勢的に整えられる。「神はひとたび存在すれば永遠に存在する」（パスカル）というのと同じ意味で、虚無体験も決定的な体験なのだ。その瞬間にディヒターが受胎されているとさえ言ってよい。二十六歳当時、激しい神経衰弱に悩まされ、その苦痛から逃れるために「安易道」「逃避道」として句作を始め、弓子氏の表現を借りて言えば「ラザロの眼をカメラに代えてしまう」客観写生の実習に自己を不在ならしめるという形での慰藉《いしゃ》を求めていた草田男が、斎藤《さいとう》茂吉《もきち》の『朝の蛍』との出会いに於て、無機質な写生から脱出するきっかけを摑《つか》みとる。草田男自身が自らの出発についてそのように語り、草田男を論ずる人もそれを踏襲する。それはきっとその通りに違いない。だが、その歩みが絶対の探求として展開することを必然化したのはラザロ体験であろう。「存在」が去るという形で慣性の支配に穴が穿たれる、それが此の体験の本質だとすれば、絶対探求者の道程には——絶対探求の道程そのものが地上存在として慣性の法則から自由ではあり得ない以上——これは反復して起り得ることである。草田男自らが半ば戯れに願ったように、仮に二百歳の生を享け得たとして、そのときには第三、第四のラザロ体験が無いとは誰にも言えないであろう。先にも書いたように、光は閉じ込めることができないのだから。そして追えば去り、こちらが去れば追ってくるものを、追いつづけることに於てしか、「中庸」は維持することができないのだから。

「許され」と「引受け」の詩学において「中庸」は枢要の地位を占める実践的概念である。「中庸」のパラドックスを廃棄することは「俳句」を廃棄することである、というのが草田男の詩的遺言であると断じても過言ではないであろう。

Ⅷ

草田男再耕2

昭和43年～58年の作品を読む

春光や快癒者ものを撫で撫づる　昭43

〈癒《いや》し〉の感覚に草田男はたいそう敏感であった。「快癒者」という抽象度の高いことばが選ばれていることに注意しよう。春光に身を涵してものを撫でる所作は何を語ろうとするのか。おそらく作品の焦点は象徴的に人間の条件である〈病〉的状況―人間の存在根拠にかかわる実存的不安―に結ばれている。超越的な力に働かれて不安から解放される瞬間、それは魂が世界との不和から癒される〈驚き〉の一瞬だろう。「撫で撫づる」は、だから、世界を抱擁する歓喜の所作でなくて何だろうか。草田男の思惟のいわば原宗教性が卜される一句である。

泉辺にとどまらんか友訪《おとな》はんか　昭43

句は〈泉〉か〈友〉かという二つの選択肢の間で揺れている。この揺れには大いにわたしたちを魅するものがある。それはどうしてであろうか。心理的な遠近法を律しているのは、ただの気分ではなく、おそらく心情の深みに浸透している（無意識的でさえあり得る）宗教的な感情ではないかと思う。泉は、対象のありように頓着することなく、一方的に、おのれへ身をよせる者の渇きを癒す。友情は相手への深い理解と敬意とを欠いてはありえない。相互的だが人間的に切実な感情である。慈愛と友愛―揺れの真正性を訴える句だ。

"I will reply" この碑の真上夏日のみ　昭43

原爆碑を前にしての詠唱。註にあるとおり、初句は〈Vengeance is mine, I will reply.〉（復讐するは我にあり、我これを報いん—ロマ書12章）に依《よ》る。原爆を人類への侮辱として天へ告訴する心情が詩意を方向づけていることは明らか、気息において前年作〈全能母に縋れど天燃え原爆忌〉に呼応する。焦がすように照りつける真夏の太陽の彼方に黙せる神（イザヤ書）を思い、〈復讐　vengeance〉の二様態を思惟する。神は眼には眼をの〈意趣返し〉を人に禁じ、〈不正の裁き〉を自らの機能として占有したはず。句は沈黙を炎天に宙づりにする。

薔薇を活きて薔薇を矛盾と呼びけるか　昭43

「リルケの墓碑銘なる一詩を読みて」と前書が付されている。墓碑銘は三行詩—〈薔薇　おお純粋な矛盾よ／幾重もの瞼の下で　だれのものでもない／眠りである歓びよ〉。

碑文は薔薇を「矛盾」（Widerspruch）によって定義している。私には、薔薇の花のいのちの佇まいに、壮麗かつ晴朗なひとつの等式〈自己成就＝自己埋葬〉が認識されているように思える。草田男が「薔薇を活きて」と言っていることに注意しよう。生＝死の〈矛盾〉的自己同一を介して詩人と薔薇とが運命を共有するリルケ晩年の詩的宇宙への共感であろう。

馬蹄の迹《あと》へ沁み出る清水砂の上　昭43

馬も泉も作者の詩的偏愛の対象であったことを思うと、泉と、泉に慕い寄る馬と、その馬の蹄《ひづめ》の跡を満たそうと滲み出る清水との間に直覚されている生命的なものの循環こそ、一句の主題であることが察せられる。句は地底から蹄跡という外部世界へとしみ出てゆく水の様態を、明るい砂上世界の内部へとしみ込んでゆく歓びとして把え直している趣がある。「沁み出る」という表記も、あるいはそういう心機の反映なのかもしれない。〈沁〉には〈しみこむ〉というニュアンスがあるからだ。交感の瑞々しさを感じさせてくれる句である。

鈴虫凜々斜に刻めば餌は大《おほ》片《ぎれ》　昭43

虫籠周辺の空気をきりりとひきしめるように澄み切った声で鳴いている鈴虫―そのいのちの瑞々しさを養う餌はどうしても「大片」でなければならない。給餌《きゅうじ》のみすぼらしさは「凜々《りんりん》」にはふさわしくない。であればこそ切断面を精いっぱい大きく刻んだ野菜が虫籠の底に置かれているのである。「斜に刻めば餌は大片」を単純に物理的因果にうち興じる遊戯的俳意と受けとめるべきではなかろう。因果を分節する「……ば……」を統《す》べているのは鈴虫への愛の配慮を善しとみるまなざしである。この句の〈俳〉は愛の磁場で作動しているのである。

噴泉を飲む鳩眼まで濡れにけむ　昭43

句にはどうして〈やるせなさ〉が纏綿《てんめん》するのだろうか。洋の東西をとわず〈水〉には浄《きよ》めと同時に懲らしめという宗教的機能が托されている。水は祝福と同時に呪いをも運ぶのだ。句の〈やるせなさ〉はおそらく水のもつこの両義性が眼に作用する身体感覚であろう。「眼」はいのちが世界へと開く窓―濡れはその障りともなり得よう。〈暗闇の眼玉濡らさず泳ぐなり〉（傍点筆者）という鈴木六林男《すずきむりお》の句があったが、戦後の混沌に挑もうとする現世的覚悟の秀作だ。比べて草田男句は鳩と自身とが重なる深層で此岸と彼岸へ両抜きになっている。

春鴉老婦も甘えたき日あり　昭44

〈百千鳥もつとも烏《からす》の声甘ゆ〉（昭和二十年・『来し方行方』）をひそかに踏まえる句である。「百千鳥」は春の小鳥たちの美しい囀りをその種類と数の多さを念頭して用いる季題だと思うが、カラスの啼く声を百千鳥のなかに置いてみせるなど、尋常ならざる大胆さではあるまいか。なるほど言われてみると、ちょっとグロテスクでも、例えばハシブトガラスの声など、あれはりっぱに〈甘え声〉だ。比喩の領域に浸透している通念の〈慣性〉を破って、感受の非凡さをうかがわせる。その記念碑的な旧作あっての掲出句である。妻直子への愛に満ちた諧謔の捧げものであろうか。

百千鳥妻の白《しら》背《せ》の溝一と条《すぢ》　昭44

昭和三十八年作の〈妻の裸身《はだかみ》白背掻きやる赤らみぬ〉と——五年の歳月を挟んで——一対を構成する趣がある。前回見た〈春鴉老婦も甘えたき日あり〉も、〈百千鳥もつとも烏の声甘ゆ〉と、こちらは二十年以上を隔てて、相呼応していた。亡妻の霊前に捧げられた〈めぐりあひやその虹七色七代まで・昭和五十三年〉などは、若き日の〈虹に謝す妻よりほかに女知らず〉（『萬緑』・昭和十五年）をもろに反照して、その純一無雑、まばゆいばかりである。草田男世界を天真爛漫に彩る妻直子への、この純愛の〈連環〉にどう応接すればよいのだろうか。

白《はく》閃《せん》々《せん》一夫一婦の鶴の舞　昭44

掲出句には〈……「鶴の舞」とは「鶴の恋」にして、古き季題なり〉と註記がある。同時作〈一竿《いっかん》の国旗舞ふかに鶴の舞〉〈蒼然たる暮色に真白鶴の舞〉もそうだが、いずれも典型志向のまなざしが深い。「鶴の舞」の作例は生涯に十二句を数えるが、うち十句が全集第五巻（『時機』後の作品）に集中しているのは偶然ではあるまい。葛藤をくりかえしつつ眼の人と言葉の人とが一つになろうとする草田男の晩年——〈写生〉の眼と〈典型〉志向とが協奏して鶴の求愛行動に様式美を見いだそうとしているようだ。愛妻句の額縁飾りのようでもある。

光太郎の光《くわう》に溢れて連翹忌　昭44

「連翹《れんぎょう》忌」は詩人・彫刻家高村光太郎《たかむらこうたろう》（昭和三十一年四月二日没）の忌日である。彼は連翹の花を偏愛し、柩《ひつぎ》の上にはその一枝が置かれていたという。愛妻を狂気に奪われたこの詩人に草田男は敬愛の情を抱いていた。光太郎はかなりの長身だったようである。『美田』に収録されている悼句には〈丈高き死や春の雪これを裹《つつ》む〉とある。さて、掲出句だが、連翹の鮮黄色の筒状四弁花が鞭のようにしなやかな細枝をびっしりと覆って、息を飲むほど美しい。時しも光太郎忌、連翹に汎《あふ》れる光への感動から「光太郎の光」という措辞が生まれている。

六月や砂で嘴《はし》拭く宮雀　昭44

雀の動きに、参拝者の手や口を浄める敬虔の所作が自ずと重なる。「敦賀、気比神社にて。同社は遊行上人と縁故ふかき場所なり」と前書がある。遊行上人とは時宗総本山の歴代住職の謂《いい》だが、この前書は『おくのほそ道』の一節をひそかに呼び寄せる。〈……往昔《そのかみ》、遊行二世の上人、大願発起の事ありて、みづから草を刈、土石を荷《にな》ひ、泥渟《でいてい》をかはかせて、参詣往来の煩なし。古例、今にたえず、神前に真砂《まさご》を荷ひ給ふ。これを遊行の砂持と申侍《まうしはべ》ると（……）〉。芭蕉は〈月清し遊行のもてる砂の上〉と詠んだが、掲出句はその砂で雀が嘴を拭っているというのだ。

塗られし畦黙して雲は語りあふ　昭44

田打が終ると水を入れて代を掻くが、肥料の流亡を防ぐために田の泥土で畦を塗り固める。〈畦塗り〉は季節の大切な農作業である。せつせつと泥土をすくい上げる鍬の動きと、濡れてまぶしく光る畦―水と光との嬉戯！　関西の大都市郊外の田園地帯で幼時を過ごした私には、日がな一日、この篤篤な農事を眺めて心を奪われていた記憶がある。畦塗りを終えたばかりの田はしんかんとして明るい。畦は春光を身に塗り込められている幸福感にことばを失ったかに見える。綿雲どちは夕日に身を染め、尽きせぬ語りを愉しんでいる。

わが罪は我が前背より日雷　昭44

イスラエル王ダビデの「われはわが愆《とが》をしる　わが罪はつねにわが前にあり」（詩篇51・3）を踏まえる句。「わが罪」とはダビデがウリヤの妻バト・シェバの水浴を目撃し、欲情して孕ませ、ウリヤを激戦地に送って故意に戦死せしめたことを指す。預言者ナタンにはげしく叱責《しっせき》されてダビデは悔悟する（サムエル記下11、12章参照）。「日雷」は晴れた空にとどろく雷、つまり〈青天の霹靂《へきれき》〉―おのが生の罪を不断に現前せしめんとする覚悟への〈隠レタ神〉の応答だろう。炎熱の詩人内面のドラマを暗示する炎天下の信仰劇。

踊りの輪ただに輪廻《りんね》のかがやきに　昭44

衆生が業の応報によって永劫《えいごう》に生まれかわり死にかわりを繰りかえすことを、仏教で〈輪廻〉といっている。この輪廻の環から抜けだすことが〈解脱〉である。踊りの輪のいつ果てるともしれぬ動きは輪廻を思わせるが、それが「かがやき」として捉えられていることに注意しよう。輪廻の無限運動は、自体としては否まれるべき迷妄でありながら、そのあるがままの姿において、一つの真理の啓示であり得ることが即ち〈かがやき〉であろう。踊りのどうどうめぐりはどこか言葉のやるせなさに似ている。それは彼岸と此岸とのはざまを生きる〈詩〉のかがやきを反照するのだ。

をみなゆゑ長袖ゆゑによく踊る　昭44

〈女性的なるもの〉に対して草田男はほとんど陶酔的な感情をかくさない。「抜き足、差し足」（昭和五十年）というエッセーでは、女性独特の「腰部を中心に両脚は左右交互にヒラヒラと」反対側へふりまわす動き方を男性の直線的直進動作と対比して、その玄妙な舞踏的特性に感嘆している。そのまなざしには〈身体的なもの〉から〈形而上的なもの〉へと脱けてゆく憧憬のエネルギーが宿っているようだ。この句を見よ、「をみな」も「長袖」も、その存在様態「ゆゑ」に、ひたすら踊りの〈ヒラヒラ曲線運動〉に献身するというのである。

仲秋や盆松給水素々と吸ふ　昭45

オリンピックのマラソン競技をテレビで見ながら、極限状況下での自身への給水という試練を思った。だが同じ生物でもここは地に縛されたまま身動きのとれぬ「盆松」、水の管理を怠ると衰頽・枯死を免れない。盆栽の要諦《ようてい》は灌水《かんすい》にありとされる。それは「給水」に呼応して「吸水」のあることがぎりぎりの生育条件下で際立つからだ。いま、注がれた水が「素々と」吸い込まれる。「素」とは余分のない自然のままのありようをいう言葉だろう。「仲秋」という季節の澄明が「給」と「吸」との素朴な呼応をそっくり抱き取って祝福している。

瞼の人眼中の人秋虔《つつま》し　昭45

「瞼の人」は瞼にその面影の浮かんで去らぬ人、対して「眼中の人」はいま物理的映像として眼のレンズに映じている実在の人物、その孰れもが秋麗の大気の中で「つつましく」印象されるというのである。あるいは「秋」そのものが「つつまし」という価値づけを呼びよせる季節だというのだ。しかもここは形容辞に〈虔〉の文字をあて超自然的なものへの畏敬の念を語っている。〈虔〉とは人間という有限な存在に見合う倫理的価値としての、パスカルにも通底する草田男独自の〈中庸〉の感覚であろう。句は遠景に白衣のイエスに似た人物を配するルオーの油彩を思わせる。

秋晴や君子径《こみち》す遠道す　昭45

漢文の時間に「子曰く」と斉唱した世代には懐かしい発想の句である。かつて「君子」は時代を超越した実践倫理の権化として教養主義的に理想化され、とかく閑居しては不善をなすわれわれ「小人」の師表とされた。それでも「君子豹変《ひょうへん》す」と称しては、冗談半分に己の無定見を合理化してみせる俳諧的スタンスに、庶民の現実感覚は健やかであった。掲出句は、わざわざ足許の悪い小径を選んで歩いたり、遠回りして散策に変化を求めたりする草田男自認の非実際的〈迂愚〉を、これぞ「君子」の本然と胸をはってみせる爽やかな諧謔詩である。

初富士は双手双翼今か拡ぐ　昭45

富士の秀麗に見入り魅入られる経験を重ねた末ついに開示された霊峰の普遍相〈原富士〉を提示する。「今か」で句は固唾《かたず》を呑む。「拡ぐ」は連体形の働きいっぱいに感動の総量をしかと受けとめて揺るがない。広大な裾野の幻視とも覚しい「双手双翼」に、「両手を拡げ翼を開き大空へ翔《と》びたってゆく」作者自身の衝動を重ねて見る評釈があるが同感だ（泉紫像『中村草田男』）。しかし美の背には危うさが貼りついている──〈詩〉が〈死〉と境を接するように。比類のない山容は〈安息角〉の危機をはらみ、山体の崩潰《ほうかい》さえ危惧されるのだ。

一物一物与へて冬をぬくとげに　昭45

これと並んで〈布綿衣闘《わたご》を越ゆる悠揚ぶり〉とある。行李《こうり》や衣裳簞笥《いしょうだんす》にためこんだ衣類を獺《かわうそ》の祭よろしく拡げているうちに、隣室との境を越えてしまったのであろう。贈与者と被贈与者との関係はいかようにもあれ、掲出句の眼目は「一物一物与へて」が活写する贈与の心機にある。撫で慈しむ風情に昔語りをしながら冬物を譲る。センチメンタル・ヴァリューということばがあるが、経済的価値には還元できない懐かしさのまつわる物たちが、いま血脈なり世代なりの閾を跨《また》ごうとしている。その授受の懇ろさが傍目にもぬくとげなのだ。

ねんねこの熨斗《のし》さながらの襟正し　昭46

「あたかも」「如し」「さながら」「やうに」などの語を用いて、たとえるものとたとえられるものとを直接対比する比喩を〈直喩〉と呼ぶ。比喩の中ではもっとも形式が単純で初心の多用するところでもある。だが無媒介性というこの比喩形式の特質は、しばしば対象の真実をいっきょに剔《えぐ》って、無類の表現効果をあげる。句はきちんと着られたねんねこの襟の形状を熨斗にたとえる。機知を誇示しようというのではない。ねんねこの〈褻《け》〉が〈晴〉の象徴である熨斗と出会う瞬間、日常の只中に生起する祝祭に心を動かしているのだ。

梅末だ村童スキップして行けど　昭46

自ずと昭和四十年の作〈駈けくる子等しばらく多し春の道〉が想起される。道をあけて子供たちが走りすぎるのを待つ間の感慨「しばらく多し」が、早春の空気のつややかさと絶妙に呼応して、老いを意識しはじめている作者の目がいかにも眩しげである。比べて掲出句では、村童の「スキップ」―〈解放〉感の身体的表現―と句を涵す浅春のきらきらしい空気の質感との呼応は前作と共通していても、接続助詞「ど」にも卜されるように、いのちの瑞々しさを羨《とも》しぶ〈まなざし〉に年輪の翳りがいっそう深くなっているのが見てとれる。

何の迹もあるなし蜷の迹あるなし　昭46

ふしぎな句だ。早春の小川を覗いてみたが、まったく生き物のけはいはない、蜷《にな》の這った跡ひとすじ見られるでないという無の写生である。詩的動機をそれと名指すことは必ずしも容易ではない。〈蜷の道〉は人生の歩みを暗喩することがよくあるが、ここもそれだとすると、一句を死の想念が支配していることになる。とつぜん日常生活のただなかにひび割れが走り、虚無を見てしまうという往年の体験の再来が予感されでもしたのであろうか。それにしても、二句おいて〈「迹とどめず」と御詠歌谺《こだま》春の山〉とあるのも何やら暗示的。

蜜蜂の喜ぶ余り針一本　昭46

欧米語にはミツバチとその他のハチ（スズメバチ・ジガバチなど）を日本語の〈ハチ〉のように括る言い方はないようだ。たとえば英語だと〈bee〉と〈wasp〉とはまるで別物で〈天使〉と〈悪魔〉ほどにイメージが異なる――ミツバチだって刺す針があるというのに……。だがいわれてみるとミツバチは花粉と花蜜だけで生き、他のハチのように昆虫やクモを狩ることはない。生態がどこか天国的なのだ。花の香に興奮して思わず腹部から針を覗かせてしまったミツバチ――句はその〈歓喜の生理〉に対する〈歓喜の詩人〉の祝福である。

蟾蜍鉄疣に満ち相《あひ》交《さか》る　昭46

ヒキガエルは湿った暗いところを好み、全身の疣《いぼ》から強い毒液を分泌する。この白い粘液には強心作用のある成分がふくまれていて漢方薬の蟾酥《せんそ》となる。ずいぶんと人を裨益《ひえき》しているのに、洋の東西を問わず、愛される存在ではない。だが、ふしぎに俳人とは相性がよく、秀句も少なくない。草田男の黎明《れいめい》期を画するのもこの生き物だ！〈蟾蜍長子家去る由もなし〉（第一句集『長子』）。さて、掲出句は中句の「鉄疣」がイメージの正負を反転させていることに注意しよう。金属化されることで〈疣〉も詩を胚胎し、生命讃歌の契機となり得るのだ。

上層中層下層泰山木咲きぬ　昭46

泰山木はモクレン科の常緑高木だが、密生する長楕円形の大きな葉と芳香のある白色の大形の花のたたずまいが、高邁《こうまい》の霊性を強く印象づける。掲出句の「上層中層下層」という措辞に働いている秩序づけの〈まなざし〉に鈍感であってはなるまい。立ち入って立論する余裕はないが、昭和四十六年の作句をつぶさに検討すると、この年、草田男には『パンセ』を深く読み直す機会があったものと推測してよい根拠がある。とりあえず「上層中層下層」にはパスカルの〈三つの秩序〉(愛—精神—身体)の世界観が反映している可能性を指摘しておきたい。

五情の上に渝らぬ一則梅薫る　昭47

「五情」が喜・怒・哀・楽・怨をいうとすれば、それを〈愛〉という一つの根元的な情念のとり得る五つの様態と見なすことができよう。「渝《かわ》らぬ一則」とは不変(普遍)の原理であるが、〈愛〉を究極の原理とする見方はじゅうぶん草田男の風土にかなう。句集『来し方行方』の跋は詩の営みの必然の根拠を「抑へ得られない愛」と「避け得られない死」という人間の条件にもとめていた。その〈愛〉の情念こそ人間を、人間的存在としてわたしとあなたとの〈あいだ〉に位置せしめ、そこを「梅薫る」(詩の発酵する)場所とするのだ。

青葉若葉ほうと明めて日は昧爽　昭47

「ほうと」は急激に大きな衝撃が加えられるさまを表現する擬態語であった。〈尻をほうと蹴たれば〉（宇治拾遺物語）、〈轅《ながえ》ほうと打ち下すを〉（枕草子）などの用例を諸辞書は拾っている。すこし適用を拡げて、ため息など、抑圧を解き放つさまをいうこともあったようだ。物理的心理的を問わず不意の衝撃の存在―それが「ほうと」の条件と言えようか。いきなり暁光に侵入された世界の覚醒に応ずるオノマトペとして、草田男はこの語に創世の瑞々しさを恢復《かいふく》してみせる。芭蕉の〈梅が香にのつと日の出る山路かな〉の「のつと」に匹敵し得よう。

山鳩雌雄の睦みを仰げ夏偉丈夫《ますらを》　昭47

自然の中へ身を涵すことと句作とが常に一体であった草田男が、七十歳位を境に、だんだん歩かなくなったという。晩年の作品世界は身体的老化に行動の自由をうばわれて呻吟《しんぎん》する詩人の苦渋を反映して痛々しい。しかしその痛々しさのなかから、〈眼の人〉と〈言葉の人〉との高次の綜合を遂げている掲出句のような作品が誕生している。句は晴朗の気に満ちている。山鳩の歌垣に眉をあげている「偉丈夫」は老いてなお青春性を失わないおのが精神の自画像だろう。私にはデカルトの説いた〈高邁〉の精神のイメージのようにも映る。

啄木鳥のふと物音へ嘴を斜《ななめ》　昭47

キッツキの仲間は鋭い嘴をもっていて、これで幹に穴を穿ち、先端に鉤《かぎ》のある長い舌をさしいれ、中に潜んでいる虫を捕食する。繁殖期には、幹を嘴で連打して大きな音を立てる。ドラミングと呼ばれる習性である。ききとめた物音へ訝しむ風情にひょいと首をかしげる瞬間のスナップショットだが、「嘴を斜」が小動物への愛情をいっぱいに湛えてまこと鮮やか。キツツキの生態を思うさま観察できるような環境には恵まれていない都会人でも、こんな作品に接すると、赤い僧帽を頭に載せたあのクマゲラが懐かしい旧知のように眼裏に泛んでくるのである。

日の丸に裏表なし冬朝日　昭48

小学唱歌「日の丸の旗」（白地に赤く日の丸染めて／ああうつくしや日本の旗は……）に盛られている明治の赤心を洗練する趣がある。旧作〈「日の丸」が顔にまつはり真赤な夏〉（昭和三十九年）と通底するが、この日の丸には鉤括弧が付されていた。いっとき軍国主義の象徴と目された美しい旗に対する感情のアンビバレンスをあらわす標識か。同年秋には、東京五輪における日本勢の大活躍に感動、いささか素朴すぎる感はあるが〈「日の丸」爽か新生日本の国際旗〉と詠まれている―それでも汚辱と栄光の歴史への感慨を籠めるかにやはり鉤括弧つき。だが掲出句の日の丸は憑きものが落ちたように裸形、〈形相〉頌歌さながらの詠出である。

耳鳴るまで元朝恩寵溢るるよ　昭48

耳が鳴るまでとは何を言おうとしているのだろうか。老人性の難聴にしばしば伴うとされるいわゆる〈耳鳴り〉こそ神の無償の愛という強弁では無論あるまい。元日の朝だれもが経験する非日常的な無音界―静謐がしんしんと耳底に沸きかえるようなあの感覚を「恩寵溢るるよ」と歓喜しているのである。ヘブライの宇宙創造神話は創世の営みのあとに安息の一日を置いた。その安息の静寂が思われているのかもしれない。騒音に象徴される文明の〈狂気〉が辛うじて保ち得ている〈正気〉の記憶―それが〈お元日〉と言えなくもないからだ。

冬薔薇のうらの萼《うてな》の隆まりゐて　昭48

薔薇の花冠のもっとも外側にあって、内部に生殖器官を抱く花弁を庇護している葉状の小片が〈萼〉である。〈うてな〉(=台)とも謂われるように花容の壮麗を下支えする地味な存在、花が大きく育った後は特に目にとめられることもない。花冠の「うら」へ後退した「萼」に注がれているのはいのちを見る詩人のまなざしだ。萼の「隆《たか》まり」は受精後の子房の膨らみである―死への歩みと生への歩みの自己同一が、いま、冬薔薇において認識されているのだ。ひそかにリルケが意識されているかもしれない。死生観の深さを覗わせる作品である。

むかうから皆迎へ灯の蛍火や　昭48

水音のする闇の奥へと車を進めてゆく。やがて物見のように蛍火が現れ、数を増しながら、こちらの動静をうかがっている。空き地に車をとめヘッドライトを点滅させると、応えるかのように闇の奥処から無数の蛍火が膨湃《ほうはい》と湧き上がり、壮麗な光の渦となって降りそそぐ。そんなとき「むかうから皆迎へ灯の」と言葉は息を呑むのだろうか。作品の急所―その蛍火が「迎へ火」だとすると、詠者自身が他界から戻りくる精霊ということになろう。蛍火が死者と生者との反転を媒介している。まなざしは彼岸から此岸へと向けられているのだ。

ラムネ瓶の咽喉の括りへ筧《かけひ》水　昭48

ラムネ瓶は直径十五ミリほどのビー玉が喉元のくびれに仕込んである。その玉を中身の炭酸飲料のガスが押し上げて瓶を密封している。内側から蓋《ふた》をするという逆転発想がみごとな日本独自の清涼飲料水！　お代を払って木栓で玉を瓶の咽頭部に落としてもらうとシュワーと泡が噴き出してくる。過ぎし日の甘酸っぱい感傷である。少年の頃、湧水に浸されているラムネ瓶と人間ののどの形状の類似に不思議な安堵を覚えたことがある。句はその癒しの感覚をよみがえらせてくれた。身体感覚から世界の内観へと抜け出る真正の草田男句である。

山鳩二羽の雄《を》に雄の動きいま中秋　昭48

おそらくは妻直子へのひたむきの愛を反映してか、とくに晩年の草田男には〈双数〉性への強い関心が見られる。対象は鳩であったり鶴であったり対をなす山であったりと一様ではないが、鳩にかぎってみても〈山鳩雌雄の睦みを仰げ夏偉丈夫　昭四十七年〉〈山鳩の二羽の歌垣復活祭　昭四十八年〉など、心を載せた佳句が多い。掲出句は後者と同年の詠だが「雄に雄の動き」を「中秋」の大気の澄明に委ねきって抽んでた秀作となっている。繁殖期を迎えて樹上に番《つが》いをなす鳩の〈種の保存〉の儀式―その端緒の動きに注がれているまなざしが愛《いと》しくも美しい。

ムッソリーニの如き大螇蚸《ばった》今も見たし　昭49

大型のトノサマバッタは、あの庇《ひさし》のない軍帽を被ったファシストの親玉を髣髴《ほうふつ》させて思わず頤がゆるむ。初めてこの句を読んだときからの心身的反応だ。ところで「螇蚸《けいれき》」はショウリョウバッタの謂と手許の漢和辞典にあった。これがどこまで厳密な同定なのか私に判定する能力はないが、彼岸的かつ夢幻的なあの舟形の美しい虫がムッソリーニだと言われると、途端に、直喩の励起する諧謔が分らなくなる。みなさんはどうだろうか。結びに「今も見たし」とある。無秩序な都市化の影響で虫の世界もいたく貧しくなったという感慨であろう。

チンチク・チンチク伊予国松山秋落日　昭49

チンチク・チンチクは雀ではなく、秋の落日（釣《つる》瓶《べ》落とし）のリズムである。大気に散乱する黄金色の微塵の針のきらめきと、それを俯瞰するまなざしの昂《たか》ぶりが感じられる。昭和三十八年夏松山で催された萬緑全国大会のため帰郷したのを最後に、草田男は五十八年の死に至るまで一度も故郷の土を踏んでいない。掲出句は四十九年の吟である。その臨場感にもかかわらずいわゆる写生句ではない。歳月の熟成になる松山頌歌―ふところに故郷の名を抱く。作者自身は〈伊《い》予《よ》国《こく》〉と読んだという伝聞あり。だが、内声部は響きを柔らかくやはり〈伊《い》予《よ》国《ぐに》〉と読みたい。

異《い》なげな戸主の個室に一匹の油虫　昭49

「異なげな」は松山方言で「比類なく奇怪なる」を意味すると前書がある。ニュアンスは「奇態な」の転訛《てんか》とも覚しい「けったいな」に通うだろう。形容動詞「異なる」の連体形から変化した「異な」に「げな」が接尾した形だが、「げ」は風体を表す〈気〉であろうか。松山にかぎらず西日本、特に中国・四国一帯に広域分布する方言のようだ。さらに前書には「自照戯画」とある。某日、草田男の書斎の壁に一匹の油虫が紋章よろしく貼りついている。孤独者の連帯を思わせる〈できごと〉にポッと灯《とも》されている詩人の自画像だ。

塩ささやく寒玉子なる茹《ゆで》玉子　昭49

太平洋戦争直後の飢餓時代をしのいできた世代には、飽食の世にあっても卵は感覚的に貴重品である。ましてや栄養価が高いとして珍重される寒卵には宝玉的価値さえまつわる。煮抜き卵の殻を取りさってさらさらと卓上塩をふりかけて食べる法悦のひととき。塩が卵にささやきかける。句はいのちの糧といのちの糧とのあいだで交わされるディアローグに聞き耳を立てている。つぶやくことは単独でも可能だが、ささやくには絶対に相手が必要だ。いわば人間を共有する存在と存在との内緒話の瞬間に立ち合うことから作品は生まれている。

揚雲雀手の措き場など忘れゐし　昭49

草田男の心性的風土を象徴する生き物を一つだけあげるとすれば、それはやはり雲雀ではないかとあらためて思う。晩年の草田男の口癖はいちずに「驚きたい」であった。どれほど雲雀の垂直上昇の習性に自らの歓喜への憧れを重ねていたかは、夙《つと》に昭和二十三年「文学界」に発表されたメルヘン「一雲雀」を読みかえしてみても、感銘をあらたに納得されるものがあろう。身体的な渇仰からじかに形而上的な思惟が立ちのぼってくる。「手の置き場など忘れ」るほどの有無を言わさぬ歓喜の浸透ぶり――「など」の貶下《へんげ》的ニュアンスが働く。

薔薇日増しに五角六角詩の業　昭49

昭和四十九年四月、草田男は春の生存者叙勲で勲三等瑞宝章を授与され〈熱き頬諸手《もろて》に裹み薔薇の襞〉なる自祝の一句を詠んだ。それには学恩、詩歌の恩、家庭生活をはじめ世の人間関係における一切の恩に深謝する旨の長い前書が付されている。これに少し遅れて同年七月に発表された掲出作品では、記念句の依存する状況的な動機が止揚され象徴詩として高い普遍性に到達している。先行作品の含意を承けながらも、もろもろの恩愛に応えるかに五角六角と日々に花容を豊麗にしてゆく薔薇の生命の営みに、自らの詩の営み自体の豊饒を予感する。

臥牛つぎつぎ起つ囀の久しさに　昭50

一頭が身を起すとそれが群全体に波及する。どこかの草原で実際にそんな情景を見たという感覚は誰にもあろう。既視感は意識の底に眠っている〈永遠〉がふと囁きかける瞬間に形成されるのかもしれない。命というものの出自が意識の表面に泛び上がってくるのだとすれば、気配としてなら、それは牛や雲雀のような生き物にもあろう。樹下で草を食《は》んでいたシュペルヴィエルの詩の馬は、ふと振り向いた瞬間、二万世紀前の同時刻に別の馬が振り向いた刹那見たもの、〈永遠？〉を見る。句は世界の生命リズムの交感を観想する詩人の形而上詩。

落花霏々世《ひひ》のひとがもの食ふかなしさに　　昭50

古くは竹などの節のことを〈よ〉と謂った。節と節に挟まれた空間も〈よ〉と呼ばれ、それが転じて〈世〉となったという。〈節〉と〈世〉とを同根とする語源説は〈世〉の多様な意味合いが結局は地上的存在の〈有限性〉の認識に収斂することを教えていて味わい深い。生きるためには食べなければならない。しかしパンだけでは生きられないのが人間である。精神活動の核は〈ことば〉であるから人間的生は実に〈もの言う〉と〈もの食う〉とを共軛する口腔に依存している。句は「もの食ふかなしさ」で身体から形而上へと抜ける。

昼寝に陥つ施餌台もつとも犇《ひし》めくころ　　昭50

腹がくちくなってソファーで微睡《まどろ》む人間と、施餌台で競い合って餌を啄む小鳥たちと……。疲れとも慰藉ともつかぬ翳りが作品を涵している――世界観想の謐《しず》かなまなざし！　今や人間にとって昼寝は単に生理的な欲求ではない。南欧一帯の長い昼休みの習慣をシエスタ（スペイン語）というが、フランスでも、二〇〇四年、当時の大統領J・シラクの序文を付して『昼寝礼賛』(Eloge de la sieste) という本が出版され評判になった。睡眠不足による精神障害や交通事故など深刻な社会問題が背景にあろう。句には昼寝の習慣論を瞑想する趣が漂う。

初日へ睫濡れて纏《もつ》れて安堵して　昭50

ピカソの素描「聖母子」に拠《よ》る。豊かな乳首を含む幼児イエスが瞼に泛ぶ。赤子は自然のもの、猫の子と変らない。だがその無垢を矯め殺して人間は大人になる。満腹したライオンは獲物が傍らを通っても知らん顔だが、ギリシアの貴人は吐き壺を傍らにして美食に耽ったそうな。生理的な必要と等価な関心を〈欲求〉と呼び自己増殖的な〈欲望〉と区別することがある。欲求が欲求を欲求することはないが、欲望が欲望を欲望するという際もない循環は〈文化〉の原罪性の烙印であろう。それを贖《あがな》うべく幼児はやがて十字架のイエスとなるだろう。

凧の空「眼高手低」の語のむなしさ　昭51

ふつう、批評に長けて創作力が劣るのを「眼高手低」と言っている。凧《たこ》が競い合っている空を見上げていて、ふと、この成句表現が電光的に想起されたのであろう。だが「むなしさ」とは何だろうか。凧揚げに興ずるとき、眼は凧の高みを凝視しつつも糸を操る手は風圧に抗して低く保たれているだろう。凧揚げの典型的形象はまさに充実した眼高手低なのだ。成句がいわば身体感覚のレベルで再起動されるとき、慣用に硬直した喩義がいまさら「むなし」と感慨されるのである。眼と言葉の融合の機微に働く草田男の写生観を窺わせる。

野良猫なりに尾高く挙げて泡立草　昭51

しなやかな筋肉、鋭いかぎ爪、柔和な肉球、ときに残忍な狩猟本能……。マタタビに見せるたわいもない陶酔……。そして発情期には野生の法則が肉体を貫徹する。ネコを蠱惑的な生き物にしているのはその神秘と野生の共存に違いあるまい。『カルメン』の著者メリメは女性をネコに譬えた―呼ぶと逃げるくせに呼ばないとやって来る、と。〈気儘《きまま》〉とは追従から遠く自律的でコスミックな秩序を生きたがる情念であろう。ところで、ネコが尾を垂直に立てるのは親愛感の表現だそうだ。野良猫の愛くるしい身ぶりに泡立草の草勢が声援を送る。

颱風一過時歩ねんごろに輝くよ　昭51

「時歩」とは時のあゆみ、いかにも草田男好みの言葉だが、たぶん造語だろう。造語としてもよくこなれていて人為を感じさせない。颱風《たいふう》一過、風雨に汚れを浣《あら》われて大気は澄みわたり、万象は美しい光の被膜のなかにある。輝いているのは乾坤《けんこん》の被造物いっさいだが、その輝きが〈時歩〉そのもののねんごろな輝きとして措辞されている。一読、地上の時の移ろいが、およそ移ろうことのない〈永遠〉という絶対の、影であるかのような印象を受ける。句は何気ない拵《こしら》えのうちに、〈創世〉の時間生成を追体験しているみたいなのだ。

蜜柑畑伴れ弾きのさまに照り合ひて　昭52

琴などを二人以上で合奏するのは〈連れ弾き〉と書く。「伴れ」という表記は洋楽でいう〈伴奏〉を指すための工夫であろうか。伴奏はふつう主声部を引き立てるための随伴的音楽である。しかしルネサンス歌曲から時代が下るにつれ、伴奏は次第に付随性を稀薄にして主体性を主張するようになる。例えばベートーヴェンなど独奏ヴァイオリンとピアノとが対等の資格でふかぶかと思いを交わしあう。掲出句の比喩効果もその趣にちがいない。蜜柑《みかん》畑の反照が思惟しているのは伴奏の物理的条件ではない。音楽的対話の豊かさ、精神の相互作用なのだ。

緑陰や胸《むな》許《もと》指しあひ二婦語る　昭53

緑陰で二人の女が何やら話し込んでいる。「胸許指しあひ」という懇ろな描写が実にものを言っている。それは熱中のあまりの仕草であって、指弾しあっているのではない。自然に人差し指でリズムをとるほど話に身がはいっているということだ。井戸端会議―お隣さんの近況についての噂話なのかもしれない。説明抜きでひたすら呈示される形態模写、それがおのずと幻想性を帯びてくるのはレアリスムの一つの特性であろう。日常の何のへんてつもない一齣がその瞬間、詩を胚胎する。離陸する。存在がそのまま嘉されたものとなる。

中指は人指さで雪中人へ迫る　昭56

一九八一年、教皇ヨハネス・パウルス二世は広島・長崎に巡礼して世界平和を訴えた。教皇の祖国はポーランドである。ナチ占領下に地下組織の神学校で哲学・神学を学んだというだけあって、世界の危機的状況に対して鋭い現実感覚を持つ人だった。句は教皇の司牧の姿を詠んだ七句中の一句、天を指す中指がひしひしと人へ迫るのは、その指が、痛み—天の声への応答可能性—を人に問うからだ。降りしきる雪は受難者たちの声のようでもある。テレビ放映を見ての作らしい。末尾に亡き妻を思う〈我が家の祭壇に故人なる一宗徒雪洽《あまね》し〉を置く。

一切音なく己へ回帰や朴散華　昭57

虚子《きよし》は茅舎《ぼうしや》の死（昭和十六年七月十七日）に〈示寂すといふ言葉あり朴散華〉の一句を捧げた。辞世句〈朴散華即ちしれぬ行方かな〉に呼応する名悼句である。草田男も連作「青露変」（『来し方行方』所収）を以て畏友の死を弔ったが、そこでは痛哭《つうこく》の情が、暗雲立ちこめる時局への批判的感情に渾融して、鬱勃《うつぼつ》たるトーンを醸していた。掲出句はそれから四十一年を閲《けみ》した最晩年の作だが、その用語からも、虚子の「示寂」を承ける息づかいからも、茅舎を思慕追想する句に違いない。「一切音なく己へ回帰」—東洋的大悟にひそひそとニーチェのかげろう朴散華《ほおさんげ》である。

折々己れにおどろく噴水時の中　昭58

〈眼の人〉であると共に〈言葉の人〉でもあった草田男が、この二つの契機の総合のうちに、形而上詩・思想詩としての俳句の可能性を探りつづける永い晩年期―その掉尾を飾るにふさわしい絶唱を、最後にいまいちど反芻して、深耕の筆をおくことにしたい。「驚きたい」が晩年の草田男の口癖であったが、「驚きたい」の後ろに貼りついている「驚きの不在」を見落としてはなるまい。その不在こそが草田男の営為を限りなく祈りに近づけているからである―あたかも闇が光を呼ぶように……。「噴水」は存在根拠を求めての、心情の垂直上昇運動を暗喩する。応答の得られぬまま光を求めて祈る祈りのさなかに、黙せる神が人間にあたえる一つの啓示、それは今かく祈りえてあることじたいが、窮極の存在によって働かれ引きあげられていることの、何よりのあかしではないかという直感である。無償の引きあげの力（＝恩寵）が去るときは祈りも去る。〈おどろき〉とは虚をつかれること、畢竟、人間の祈りがついには人間の手中にはないという己の限界への目覚めのまばゆさに他ならない。噴水がとつぜん息をのむようにリズムを乱して水勢をゆるめ水音をかげらせる。噴水のいわば期外収縮の瞬間に黙せる神の大きな影が光につつまれて降りて来る。「折々」はそういう特権的瞬間の恩恵的な性質を暗喩する措辞であろうか。そして地上の相対的な〈時間〉と天上の〈永遠〉との交点―それが〈おどろき〉の座標だ。「時の中」の「時」は地に縛されて生きるわれわれをやるせなさに浸している流転の時間であろう。一句の構成要素のすべてが遺漏なく暗喩の幽邃《ゆうすい》にかかわっている。

IX

「中庸ならぬ中庸の道」その他

——パスカルを読む草田男（評論2）

昭和三十三年八月三日、青森市の県自治会館で催された萬緑全国大会で草田男は「中庸ならぬ中庸の道」と題する講演を行っている。この講演については、かつて本誌の六百号記念特集(平成十二年一月号)に寄せた小論(「許されと引受け」)で、パスカルの思想に照らしながら、その意義について略述したことがある。

その後、生前、句集として公刊されることなく終わった昭和三十八年以降五十八年に至る約五千句の中から、草田男晩年期の声を聞き取ろうと志して着手した「草田男深耕」と題する定型短文の評釈を続けているうちに、絶対探求のディヒター草田男と「考える葦」の思索家パスカルとの親近性がますます強く意識されるようになってきた。「萬緑」が終刊を迎えようとしている今、両者を共軛する真理観の生成原理ともいうべき〈相反〉とその〈止揚〉の問題を核とするこの講演を、パスカルの一つの断章の読み直しと対比しながら、再吟味しておくのは意義のないことではないと思う。

「中庸ならぬ中庸の道」が草田男において真底かけ値なしに「絶対的な一つの道」として観念されているのはなぜか。中庸がなぜ相対ではなくて絶対であり得るのか。素朴な疑問だと思うがじゅうぶんに納得されているとは言いがたい。それほどの覚悟の強さといったほどの誇張表現として理解されてしまう傾向が乗り越えられていないのではなかろうか。この稀有の俳人の全体像の核心にある〈真理〉観を浮き彫りにする努力をしてみたい。

※

この講演の二十余年前に草田男は虚子に依頼されて「ホトトギス」に小文を寄せ、中庸について論じたことがあるという。講演では「その頃の自分らしい在りようで中庸のことを書いた」と回想されている。手許の資料をくってみたが見つけることができない。「ホトトギスの新年号に載せる随想のようなもの」として言及されているが、実際は「懐疑的立場」という題を課されて書いた昭和十四年四月号所載の小文のことではなかろうかと推測する。そこで草田男は《諸君はハムレットを解するか？　人を狂気にするものは疑惑ではなくて確かさである——》というニーチェの言葉を枕に左に引用する通り述べている。「懐疑的立場」などというものはありえない。立場という以上はそれは確信でなければならぬという趣旨からである。

> 「明日を方向とする場合の俳句の必然性」に関して、私は私なりに「確かさ」をしっかり把持しているつもりで居る。古来の俳句の伝統性の上に立脚して、此世紀の生活を純粋に豊富に生き抜いて行こうとする――これが私の旗幟鮮明な立場である。
>
> 　しかし「内界の問題」である立場がはっきりと決定しても、それが直ちに「外界の問題」である実践に役立っては呉れない。「実践」は一歩毎に、対立し反撥する二元的なものの争いに私をぶっつからしめ、更に其上を踏越えて彼方へ進むことを私に要求する。しかも此場合に、私は所謂「中庸の道」を探ろうとは思わない。所謂「中庸の道」とは、甲でもなく乙でもなく、甲にも徹せず乙にも徹せず、ただ単に両者の間の緩衝地帯に身を置くだけのことである。これは、ただ単に両者の争いから離れるという意味しか持たない。私は却って、甲と乙との双方に同時に徹しようと願う。これのみが甲乙の争いを踏越えて

前進することだと思う。つまり私は甲と乙との争い其物を克服しようと望むのである。

背景にはたとえば新興俳句の擡頭《たいとう》による伝統と革新の葛藤、とりわけ昭和十一年のミヤコホテル論争を発端とする日野草城との一連の応接があろう。〈中庸〉への最初の言及は、したがって、自己の外部に現実的に生起してくる見解・立場の対立と、それを内面化した自らの思考の在り方としての両者の止揚克服、という矛盾の二つに位相を意識の射程におさめていることに注目すべきである。いま仮に矛盾の荒蕪《こうぶ》地を貫く中庸なる一本の道というイメージに仮託するならば、ほぼ二十年後の講演の主張と実質的には同じである。

講演では、俳壇の一部から〈洞《ほら》ヶ《が》峠《とうげ》〉、つまり日和見主義者扱いされている自分の唱える中庸の道が、《絶対的な一つの道》であって《世間一般で言うような中途半端ないやらしい中庸の道》ではないことを力説した上で、さらにこう反復敷衍している。

私のいう中庸というのは儒教の言葉にちがいないのですが、その時分一般に、中庸とは右にも左にも極端に陥らぬほどよい真ん中の道という意味にとられていたんです。それが今度は世渡りの道として説かれている。そういう道を私は行こうとするのではない。で、私は大事な事は右も真理である、左も真理であるという事態がわれわれの現実で、大かたの場合基本の事実なんです。で、われわれは何か世渡りの方便としてほどよい中庸の道をゆくほうが間違いなく誤解されることがないかもしれないけれども、それはついに何ものをも実らせない道なんですね。たとえば夫婦の場合でもほどよく愛し、ほどよく鍛練しあう、それはほんとうの愛情というものではないんです。あるいは学校の教師としてほどよく生徒を愛し、ほどよく勤めるということはぬるま湯につかっているようなものでほんとうの中庸の道ではない。で、たいがいの場合、人間の心の中で相矛盾するといいますか、異質のものが対立しているんです。だが人間はただ一人の自分を生かすことが目標であり、そのために生きるのです。私のいう中庸とはこの相矛盾するもの両方を負って両方を生かしきることなんです。矛盾するものを背負った人間が究極において両方を生かし自己を生かすということであって、けっしてほどよく中間をゆけというのではないんです。このことは二十余年前からの私の持論なので、俳句の道もまたそうあるべきだと信じているものです。

「ホトトギス」所載の短文と比較すると、主旨は一様ながら、矛盾の内面化―外界における異論の対立という歴史的矛盾から矛盾の両項を主体が引受ける悲劇的認識への移行―がよりけざやかになりつつあることが感じとれる。引用の末尾にある「二十余年前からの私の持論」という隻句も軽々に見過ごすことはできない。まさに二十余年前、昭和十一年（草田男三十五歳）は福田《ふくだ》直子《なおこ》との結婚の年であった。「月ゆ声あり汝《な》は母が子か妻が子か」（昭14・『火の島』所収）という句がある。母ミネの愚痴をそのまま俳句にしたような〈俳〉いっぱいの作品だが、「内界の問題」における〈立場〉の決定が直ちに「外界の問題」における実践に連動し得ないという「ホトトギス」の小文で披瀝されていた歎きには、俳壇の論争の他にも、結婚生活の象徴する世界体験の投影が認められるのではないか。早い話、結婚の真正性とはそれが他者との遭遇であり、他者を内面化することを通じてより高い次元に自己の実現をはかるという行程の始まりなのだから。それがすでに歴史的矛盾の経験である。

初句「月ゆ声あり」については草田男自身の評釈がある。「月の声」を天からの叱声と解釈する青邨《せいそん》に対して、草田男は《なるほど「月の声」といえば、我々は直ちに「神の声」を思い浮べる。併し乍ら実際経験の上においては、「月の声」は同時に「世間の声」であるかもしれないのである。何故ならば、世間はしばしば性急に、神の如くきびしく、世俗道徳の通則を我々の上に投げかけることがあるからである。然も社会生活の中にある以上、わざわざ生活上の危険に陥るまいとすれば、又、他人をわざわざより不幸に陥れまいとすれば、我々は此「世間の声」にも全然無関心では居られない。何人にも過失も罪過も存在しない。自分の心も母と妻とへの共通な愛情に充ちている。しかしながら——。斯く作者が「しかしながら」と歎きためらった瞬間、月から「月の声」が、「母の声」となり「世間の声」となって、いちどきに作者の頭上に降りかかったのである》と応じている（傍点・香根夫）。

この自解は「ホトトギス」の昭和十四年一月号から九月号にわたって執筆された「抜粋散歩」と題する一連の文章の畢りに見えるものである。一つまちがえると〈中庸の道〉が世渡りの方便に頽落する危機から草田男を救っているのは、つきつめてみれば、やはりもっとも充実した意味での〈愛〉であったと言ってよいだろう。他者性自体が自己の存立根拠として内面化されるとき、歩みは矛盾の回避へではなく、矛盾の引受けへと転じる。自体としては信仰の自覚とは必ずしもかかわりなくすでに草田男の行動を方向づけている精神の運動が、直子との結婚を機に、徐々に内容を信仰論的に構造化しつつ、生涯にわたって詩人の生の全般を涵すようになる。その発端がそこに覗えるのである。言うなれば、世界を垂直方向に再構成しようとする祈りの光学の曙光が「中庸ならぬ中庸の道」というパラドックスに射し込んでいるのだ。

唐突なようだが、講演を読みながら、幾度となくわたしは〈呻きつつ求める〉パスカル像を想起させられた。草田男へのパスカルの影響はニーチェほどには強調されていない。しかし、よく言われることだが、詩人の黎明期に信仰とニヒリズムの分水嶺を嚮導《きょうどう》したのがニーチェだとすれば、そのニーチェと聖書との結束点にパスカルがいたとわたしは思う。三女弓子氏の証言によると、句を作ることと自然の中を歩くこととがつねに一体であった草田男が、七十歳（昭和四十六年）を境にだんだん歩かなくなり、七十五歳のとき（昭和五十一年）にはパタリと歩くのをやめた。創作エネルギーの備給源が〈自然〉との不断の接触から、この世界へ契機の多様を投影してくる光源についての〈思索〉へと転換するまさにその時期に、草田男のパスカル観が深い次元で更新される内的体験との遭遇があったものと推測される。それについてはかつて全国大会の「俳話」（平成十七年十一月号所載「草田男のまなざし」）で述べておいたのでここでは反復しないが、是非そちらも参照していただきたい。

その十八年前「中庸ならぬ中庸」を語る五十七歳の草田男はニーチェの翼のかげで、本質的には、パスカルを豊かに育みつつ（あるいは、同じことだが、パスカルに育まれつつ）あったものと思われる。「中庸ならぬ中庸」という言葉自体がそのけざやかなパラドックスで良識を震撼させるのである。ここは信仰を人間の矛盾についての省察の上に基礎づけようとしたパスカルの真理観がどのように形成され、いかなる射程をもつに至ったかについて立ち入って考察する場ではない。とはいえ、何が真理で何が虚偽なのか、その弁別にかかわる一つの断章をここで一瞥しておくことは有意義であろう。

※

『パンセ』はパスカルの遺稿だが、それを発見した当時の人たちの眼には、長短さまざまの思索の断片を書き散らした無秩序な紙片の集積としか映らなかった。今日では、幾枚もの大きな紙に書きとめられた論理的な一貫性をもついろいろな省察を、パスカル自ら、構想中のキリスト教弁証論(アポロジー)の準備ノートを整えるために、幾つもの小紙片に切り分けて束ねるという作業を行っていて、それが死によって突如中断された状態を示すものであることが明らかになっている。現在われわれが手にし得る『パンセ』の科学的な版(ラヒュマ版等)はその主要部分について見れば、分類済みの二十七の束を残された目次にそって第一部に配列し、未分類の断章群を第二部としてその後に置くという方針を採っている。我が国の新しい翻訳もまた例外ではない。

草田男が実証研究に裏づけられたこのような科学的な版でパスカルを読んでいたということはまず考えられない。昭和十三年に『パスカル冥想録』の名で白水社から出た由木康《ゆうきこう》の抄訳、そして昭和二十二年に漸く刊行された同書の全訳などで『パンセ』に親しんだものと推定しておくのが妥当だろう。この画期的な訳業が底本とするブランシュヴィック版『パンセ』は、アポロジーの草案復元は断念し、科学から宗教にいたるまで多岐にわたる内容を主題別に分類した上、哲学的・人生論的パースペクティヴに基づいて自由に配列するという特徴をもっている。敗戦前後の長い荒廃期に若い読者層に圧倒的な影響を与え、今なお専門家の間でも、その啓蒙的な説得性を高く評価されている。

煩瑣な前置きを敢えてするのは、新しい知見に導かれて、パスカルの抱いていた構想の全貌を復元しようと断章間の論理的整合を急ぐあまり、発想の逆説性を殺して、結局はパスカルをちっぽけなデカルトにしてしまう危険が憂えられるからである。

さて、分類済みの束のなかにパスカルの真理観を垣間見させる一つの断章（番号づけはラフュマ版一七七、ブランシュヴィック版三八四）がある。由木康の翻訳で示すと

> 矛盾は真理の悪しきしるしである。
> 多くの確実な事物が矛盾する。
> 多くの虚偽の事物が矛盾せずに通る。
> 矛盾することは虚偽のしるしでもなければ、矛盾しないことは真理のしるしでもない。

「理性の服従とその行使」という表題のもとに一括されている総計二十二の断章（第一部第十三章）の一つだが、最初の一行の読解が容易ではない。解釈は「矛盾」（contradiction）の一

語をどう理解するかに大きく左右される。「真理のしるし」＋「悪しきしるし」＝「真理の悪しきしるし」（mauvaise marque de vérité）という修辞構造も油断ならない。草田男は「大事なことは右も真理である、左も真理であるという事態がわれわれの現実で、大かたの場合基本の事実なのです」という言明を承ける呼吸で、〈中庸〉とは「相矛盾するもの両方を負って両方を生かしきる」ことであるという言い方をしていた。外界で対立拮抗する二つの立場の何れにもそれなりの言い分があることを承認した上で、その中間をゆく折衷案（＝いやらしい中庸の道）をさぐるのではなく、二元に相対化されている双方の真理性を徹底的に内面化することによって、絶えざる一元志向として維持し続けることこそが真の中庸の実践だと言うのである。外にある二元を内にもちこめばその二元は思想のレベルで論理矛盾として良識を破壊するに到るだろう。それを厭うな、怖れるなかれ、と怖ろしいことを言っているのだ。良識は古き己の破壊として新しいベクトルを与えられざるを得なくなる。一元の垂直上昇運動としての自己脱皮を己が内部に誘発せしめよと、生活者としても俳人としても、草田男は言っていたわけだ。

そこでパスカルに戻って、この断章にいう〈矛盾〉を、個としての認識主体を危うくする論理矛盾ではなく、現実世界を異論の対立に引き裂いている歴史的矛盾として咀嚼するのが一般に採用されている読み方だ。自体は〈contradiction〉の動詞形〈contredire〉の第一義「反対のことを言う・異論をたてる」によく適合し、デカルトの世紀・理性の世紀といわれる時代の要請にもよく応え得る。断章を構成する四つの命題にこの読み方を徹底させると、全体としてこうパラフレーズされるだろう。「甲はしかじかと言い、乙はしかじかと反論するが、そのようなことは真理を見分ける有効なしるしにはならない。世の中には確実なことであっても同意をえられないことがいくらでもあるし、嘘いつわりであっても真理としてまかり通っていることだってたくさんある。異論があるからといって、それが嘘いつわりだという証拠にはならないし、異論がないからといってそれが真理だという証拠になるわけでもない」と。

見たように、「真理の悪しきしるし」が「真理を見分けるのに有効でないしるし」と咀嚼し直されることで、デカルト的良識との摩擦が回避される。しかし、事実上『パンセ』が提示している護教論的秩序を尊重することと、断章をその秩序の枠組みの中でしか解釈しないということとは自ずから別のはずである。それに何よりも断章の一つ一つは切り貼り作業の結果として一定の秩序を示しているのであって、端からその秩序の展開に合わせて起草されているのではないという当然すぎる事実を忘れてはなるまい。パスカルの一句一句が理性の嚮導するアポロジーの枠組の外に躍り出ようとする力を経験したことのない人はひとりもいないはずである。その力とは、何よりもまず、発想の核心にある読者の意表に出る修辞の力である。パスカルにあっては修辞とはただの文飾ではない。思想の動きに即応する敏速な言語統御、つまり言葉に存在が棲まうというときの、その棲まい方のしなやかさそのものである。心情の瞬発力が、矛盾そのものから、高次元の認識へと跳躍する逆説のエネルギーを汲んでくる。

自筆草稿を見ると、パスカルは先ず「矛盾・真理のしるし」(Contradiction, marque de vérité) と表題風に起草し、後になってから「悪しき」という形容詞を繋辞と冠詞と共に付加して、「矛盾は真理の（悪しき）しるし（である）」(Contradiction *est une mauvaise* marque de vérité）という具合に命題の形に整えていることが観察される。一歩踏みこんで断章冒頭の命題を《（デカルト的良識の視座から〈悪しき〉という付箋を付されているが）矛盾は（却って）真理のありかを示すしるしである》と大胆に解釈してはどうだろうか。そう読まないことには《私はデカルトを許すことができない》と書いたパスカルがかわいそうだ。それどころか、多様な契機が心情の自己超越的運動へと収斂せしめられてゆく比類のないアポロジーの構想そのものが形骸化しかねない。つまるところ「悪しき」という品質形容詞はそこにパラードックス（反‐良識）が介在する指標として機能しているのであって、一種のイロニーとしてしか「しるし」に関わらない。

草田男が読んだのが由木康の『パンセ』だとすると、そこでは最初の総括的命題に訳注が付されていて、《ブランシュヴィックによれば、この場合、矛盾は同一観念内における二肯定の対立を意味するものではなく、撞着する事実を指すものである。つまり論理的矛盾ではなく、歴史的矛盾である。パスカルは一個の基督者として、デカルト哲学の合理主義に対して、矛盾の有無によって真理を判断することを拒んだのである》と書かれている。訳注の前半と傍点を付しておいた後半とのベクトルが、デカルト的良識への顧慮を軸に微妙に異なり複雑に屈折しているが、この捻れそのものが草田男を裨益している可能性はじゅうぶんあると思う。矛盾を生命的次元において背負いきることで、「中庸ならぬ中庸」を説く草田男の思考には絶えず暗々裡に超越的光源からエネルギーを汲んでくるという運動が生起している。無限・永遠の軸が立たないかぎり、〈中庸〉は地に縛された人間の処世の方便でしかなくなる。

いみじくもパスカルは《中間から逸れることは、人間性から逸れることである》と書いている。それは歴史的矛盾であると、同一主体の担う矛盾であるとを問わない。相対者は相対者なりに幾らかの真理に与ってはいる。だが、そのままでは、永遠の彷徨のうちに命脈尽きざるを得ない。無限が作動しないかぎり中間者である人間の炉心は融け落ちるしかない。先ずは、あるがままの存在様態を凝視すること。二人の求道者を共軛するのは、相対的価値を代表することしかできないまま対峙しあっている諸々の〈矛盾〉に対して、つねに同時に〈然り且つ否〉と言明することを介して、自らの内部に垂直軸を立てる考え方・生き方である。現実への真摯なアンガージュマンと言い換えてもよい。

※

詩人がパタリと歩かなくなったという昭和五十一年（於三重県賢島《かしこじま》）とその前年（於江ノ島）の全国大会で、草田男は連続して岸《きし》田《だ》劉生《りゅうせい》について講演している。パスカルとの親近性が著しく深まりを見せている時期に行われたこの講演は、「中庸ならぬ中庸」の理解に、期せずして、いっそうの深みと拡がりを与えてくれるだろう。草田男は春陽会の会場で見た宗教画・思想画という趣の劉生の静物画について語り始める。画には白樺派風の素朴な詩が一つ、装飾的なタッチで描き添えられていた。画家自作の詩である――《そこにあるてふことの不思議さよ／げにひれ伏して祈らんか／されども彼は答へはすまじ／ただ描け／あるてふことを説き得るまで》。最初の講演（「岸田劉生のことなど」）では、「ただ描け」という詩行に反応して、そこに芸術家から技術者への頽落のおそれを嗅ぎつけている。

「答へはすまじ」という言葉を言った劉生に、晩年はそれが呪いになっているわけです。彼はどうせ答えてはくれないのだから答えてくれなくてもいい、自分は画家として本真剣に描いて描いて描き抜けばそれで最後のところへ到達できるのだ、と劉生は考えたのです。（…）。林檎を通して、香炉を通して、真の画家だったらそこから答えを聞き取らなければならないのです。（…）。内側のどこからとなく聞こえる声――「彼は答へはすまじ」などと考えたらとんでもないですよ――それは耳を澄ますと聞こえるのです。

二度目の講演（「つづいて岸田劉生のことなど」）では「麗子像」を中心に劉生の絵画史的意義について高い評価を与え、明らかに現代の然るべき俳句のありようを求めて呻吟する自らの身に引き据えて、個人的な親近感を披瀝している。実際に画家に会ったときの様子も語られていて興をそそる。

私は友人が絵画の道で自信がなくなってどうやっていこうかと困っていたとき、劉生に画を見てもらって感想を述べてもらおうと会いに行ったことがありました。暑いときでしたが、日本橋の丸善のそばの料理屋の奥まった物干しに近い部屋で、劉生が一人でちびちび酒を飲んでいるところで話を聞きました。そのとき劉生はほんとうに行き詰まっていたようです。（…）。後進国である東洋の片隅にいる日本人ではあるが、国民性も歴史も文化も違う日本人が、この世にただ一度しか生まれてこない者として、ヨーロッパでもなしえなかった独特の近代洋画を創りあげようとした劉生の念願は、まことに痛切であり劇的なものであったと思います。それだけに生命発見にあこがれて生きようとすればするほど行き詰まった自分を摩擦するような暮らしの中に追いやってしまったのだと思います。

これを前置きにして草田男は、再度、劉生の例の自作詩の読解を試みる。その際、評釈はパスカルの信仰論の枢要にかかわる思想《パンセ》を咀嚼しながら劉生の心の動きに寄りそうようにして行われていることに注目しよう。くどくなるが煩を厭わずに引用してみる。

パスカルに「神の永遠の沈黙」という言葉がありますが、これくらい人間を死ぬような思いにさせるものはありません。この世の中は神秘に満ちている。無限な何かをたたえている。有限な力・有限な思いやりよりできない人間に伝わってくる何かがある。しかしただ黙って伝わってくるだけで何事がどうだということを教えてはくれない。そのとき永遠の力・無限の世界が拡がる神の世界は、有限の力よりない人間を真から苦しめるというのです。だから「あるてふこと」がどういうことなのか、描こうとしている静物の見える表面でなく、その中に封じこめられている「あるてふことの不思議さ」を、絵描きとして自分が納得するまで掘り下げて描く、それによって見る人に伝わる。そこまで描き進んでゆくよりほかにしようがないのだというのです。

しかしわれわれは文学の徒として考えてみるとき、そこに造形芸術家が造型の世界に溺れた、転落したというような感じをもつのです。劉生は「されども答へはすまじ」と言っていますが、ほんとうは答えを聞き出さなければならなかったのだろうと思います。存在はいつまで経ってもその永遠の神秘をあからさまには語ってくれないが、描くことによってしだいにその奥へと入ってゆき、自分自身を一致させるまでになる。それ以外に道はないのだという決意を言っているのですが、人間が全力を尽くすときに、かえって転落する危険性があるように、私には思われます。もっとも人間的でありながら神のようになろうとする、澄みきった人間になろうとするときに、そこに人間の傲慢さが出てきて転落する者となるのかもしれません。

（…）。簡素にそれだけで充実しきったさっぱりと沈黙している造形芸術の世界の人でも、「ただ描け」というだけではなく、何かその中から天地の内側・天地の奥底のものをつかみとらなければいけなかったのだと思います。

それでも劉生の心境を明るみに出し尽くすことができないもどかしさに堪えかねるかのように、チャールトン・ヘストンの映画「十戒」の一シーン、荒野の向こうから夕日を浴びて近づいてくる夫モーゼの表情に見神体験を察知した妻との問答を再現してみせる。

「あなた、帰ってきましたね。あなたは神を見たのでしょう。」

と言う。するとモーゼは
「ああ、俺は神を見た」
そしてその次が非常に私の心に沁み込んできた言葉なのです。
「神は声だった」
これにすぐ続けて、
神そのものは姿を現さないのです。(…)。神は姿ではなかった。(…)。しかし自分の心の中へ入ってきて、心の中で何かを自分に伝えてくれたのだというのです。

長々と引用を重ねたが、この二つの講演はそれがなされた時期からも、パスカルの思想と方法とに対する共感と理解の深化を窺わせる劉生解釈のありようからも、とりわけ絶対の探求が具体的に神の呼びかけへの応答という形で考えられていることからも、重要な意義を有する。とりわけ、人間的でありながら神のようになろうとする瞬間に〈傲慢〉が復権して野獣的存在に転落するという洞察の背後には、《傲慢な人間よ、おまえがおまえ自身にとっていかにパラドックスであるかを知れ》という、パスカルも聴きとった絶対者の声が響いていて、深々とパスカルへの親炙を窺わせる。

講演の結びで草田男は芸術における「普遍と特殊」の問題に触れて《自分が芸術のどの部門にいようとも、特殊の部門にいることに、なんらかの程度の特殊な普遍あるいは特殊な割合での、例外としての「許され」があると思ってはいけません。根本はどの部門であろうとも、神というものへ真正面から向かっていって、外側ではなく自分の内側へ入ってきてくださる神の声を聞くということが、普遍的な芸術家としての使命であって…》と語っている。

周知の通り草田男の〈許され〉はニーチェに触発され用いられている言葉なのだが、そのニーチェと「聖書」とが今やパスカルを介して、底の底の共有を明らかにする現場にわれわれは立ち会っているのではなかろうか。

※

まだまだ考察されるべき問題を残しているが、そろそろ小論を締めくくらなければならない。いま仮に、三つの俳句作品を以て草田男の真理観の権利的な発展階梯《かいてい》を象徴せしめるとすると、左のようになるだろう。もちろん事実的には、すべて生ける思想の形成がそうであるように、時系列にそって理論的熟成が直線的に進行するわけはない。さまざまの内因外因の影響下に消長をくり返しながら、深まってゆくものであり、時には劉生の場合のように破滅の危機に晒されることも珍しくはないのだが…。

木葉髪文芸永く欺きぬ　（昭8・『長子』所収）
→鰯雲個々一切事地上にあり　（昭22・『来し方行方』所収）
→折々己れにおどろく噴水時の中　（昭58・『大虚鳥』所収）

最初の句は文学開眼の感慨を語っている。「玉藻」所載の自解（「問（とい）・答（こたえ）

一」昭12・6）を正直に読むと、〈文芸の永き欺き〉とは文芸作品に描かれている「此世ならぬ麗しい夢の国」や「此世ならぬ尊い人間性」をいつの間にか現実世界の真相と取りちがえさせられていた自らの永き迷妄を慨嘆する言葉である。迷妄からの覚醒は文芸作品の描く真善美が現実世界にそのまま実在するという思い込みからの覚醒であるから、視点を反転すれば、それは文芸のもつ言語表象の力への〈開眼〉ということになろう。探求は宝探しのような無邪気さでなされてはならないという悟りなのである。同趣旨の自解が別の機会にも反復されている（『句作の道』第二巻・目黒書店　昭25・9）。「木葉髪」の象徴的な働きもあって難解句として云々されることも多かったが、文芸への開眼が俳句開眼として現実化されるところに、草田男の絶対探求のディヒターとしての出発点があったことを証言する作品である。

第二句は『萬緑季語選』（中村草田男編・刀江書院　昭47・3）に簡潔要を得た自解が見える。そのまま再掲しておこう。

一天をしばらく鰯雲が掩いきると天蓋はかえって平板化される。個個の雲塊は輪郭が明瞭であるけれどもすべて相似形であり、全体としては焦点のない無意味に近い単調さである。作者の生来の性情としては、とかく憧憬とか理想とかの情念にうながされて肉眼も心眼も虚空に誘われ勝ちなのだが、コンクリートな相対的な個個の一切が混在するこの地上においてこそ所与としての一切の価値の母胎を所有しているのだと自覚せしめられたのだ。「地上人」の自己の再認識。

〈中庸ならぬ中庸〉のパラドックスが、生活人としての労苦や俳壇における数々の論争を通じてどんどん内容を豊かにして行く時期、現実にも、比喩的にも、草田男が実によく歩いた時期である。

第三句、〈眼の人〉であると共に〈言葉の人〉でもあった草田男が、この二つの契機の総合のうちに、形而上詩・思想詩としての俳句の可能性を探りつづける永い晩年期、その掉尾を飾るにふさわしい絶唱である。「驚きたい」が晩年の草田男の口癖であった。だが、「驚きたい」の裏面にはぴたりと「驚き」の不在が貼りついている—光の後ろに拡がる暗闇のように…。光を求めて一心に祈願している人間が、その祈りのきわみに、自らが斯く祈るのは祈らされて祈っているのだということに気づく。心情の自力を尽くしての垂直上昇運動が、実は、絶対者の側からの引きあげの力（＝恩寵）によるという悟り、それが人間の自己超越の究極の形態であろう。句はその力の働き方を噴水の凝視のうちに見事に形象化している。

「折々己れにおどろく噴水時の中」—なぜ「折々」なのか。引きあげの力は向うがわにあって地上人という中間者の手にはない。神は気まぐれで、人間には「隠れた神」（Deus absconditus）としてしか存在し得ない。引きあげの力が働くのは、よくて「折々」でしかない。だからこそ、それは〈恩寵〉つまりめぐみとよばれ、引きあげは必ず驚きと喜びで魂を満たすのである。なぜそれが「時の中」なのか。引きあげは現世の有限な〈時間〉の中で生起するからである。ひたすら天を濡らしつづけていた噴水が突然リズムを滞らせ、一瞬息を呑むような寂寞が辺りを包むことがある。噴水のこの期外収縮、いわばつんのめりに人間が己自身を超える瞬間の驚きが暗喩されている。〈瞬間〉とは天上の〈永遠〉と地上の〈時間〉との交点に他ならない。単に比喩の巧みをひけらかす句ではない。もっと俳句自体に引きつけた言い方をするなら、〈写生〉が形象のかなたへと〈写生〉を超えてゆく歓喜に打ち震えている句である。

パスカルと草田男の求道者としての歩みがその〈有頂天〉を共有する地点に出たところで稿を閉じることにしよう。

あとがき ――ただひとこと

「草田男深耕」の筆をとりながら不断にたちかえった問は〈継承〉とは何かということである。それは俳壇で草田男調や萬緑調の名でよばれる異形リズムへの寛容ないし偏愛を、詩的許容として江湖に喧伝する営みでは無論ない。忘却されがちだが、五音‐七音‐五音の俳句定型をそのリズム形態の美しさにもとづいて〈紡錘型の結晶〉という卓抜の比喩に託し得たのは他ならぬ草田男である。だから冒頭の問は、その同じ草田男がなぜ自らの句作においても、主宰誌の添削指導においても、敢えて破調を厭わなかったのかという問におきかえられなければならない。

存在論的衝迫を何よりも重んじ念頭操作を排する草田男は、ひとたび自身との情念的同根を直感すると、斧正《ふせい》はときに過激化して、未熟な猫に排泄の躾《しつけ》をするかの入念さにおよぶことも珍しくはなかったようだ。原形の痕をとどめぬ自句の変容ぶりに仰天、己の何たるかを頓悟したと語る人を私は幾人か知っている。

だからもう端折って言おう。〈継承〉とは先駆者のいさおしの根底にある存在憧憬を、それがゆたかな諸契機へと分節する以前のカオスもろとも、自己自身の切実な課題として引き受け直すことである。

「森の座」編集陣がわたしのささやかな努力を一本にまとめるという決断をしてくれてから、はや三年近くを経過している。だが宿痾《しゆくあ》の悪化に加え致命的の疾患が見つかり、自力で編纂を果たすことが難しい状況になった。まこと慙愧《ざんき》の念に堪えない。横澤放川代表の献身的な助力がなければ、おそらく本書は日の目をみる機会を逸していただろう。顧みて感謝の言葉もない。

「ただひとこと（一言）」のつもりが長くなってしまった。しかし書き得たのは「ただひとこと（一事）」のみである。

二〇二一年九月

渡辺香根夫

＊初出一覧

草田男深耕・草田男再耕
「萬緑」平成17年3月号掲載開始〜平成28年2月終了

草田男のまなざし（講演1）
「萬緑」平成17年11月号（萬緑全国大会・神戸市・舞子ホテル・平成17年8月26日）

晩年の草田男―向性の正と負（講演2）
「萬緑」平成24年2月号（萬緑全国大会・松山市道後・大和屋本店・平成24年10月21日）

千の空から―千空、リルケ、草田男（講演3）
「萬緑」平成20年11月号（成田千空を偲ぶ会・東京錦糸・東武ホテルレバント東京・平成20年3月30日）

許されと引受け―ラザロ体験の射程（評論1）
「萬緑」平成12年1月号（萬緑六百号記念評論）

「中庸ならぬ中庸の道」その他―パスカルを読む草田男（評論2）
「萬緑」平成28年9月号（萬緑八百号記念評論）

＊本文中に、今日の人権意識に照らし不適切と思われる語句や表現があるが、明らかに著者に差別的意図はなく、また中村草田男作品の時代背景等の事情を鑑み、そのまま表記した。

渡辺香根夫
1929年大阪府生まれ。東京大学文学部仏文学科卒業。大阪大学等を経て、現在金沢大学名誉教授。この間、文部省在外研究員としてパリ＝ソルボンヌ大学でパスカルおよびポール・ロワイヤル研究に従事。俳句では「萬緑」にて成田千空に師事。「萬緑」終刊に際し後継誌創設委員として「森の座」の創刊に尽力。現在同誌特任運営委員。訳著多数の他、句集に『冬日讃』『悲の器Ⅰ』『悲の器Ⅱ』がある。

横澤放川（編）
1947年静岡県生まれ。1975年「萬緑」に入会、中村草田男に師事。1992年より「萬緑」編集に携わり、2011年より選者。後継誌「森の座」代表。東京カトリック神学院教授。公益社団法人俳人協会評議員。

草田男深耕《くさたおしんこう》

初版発行　2021年11月25日

著者　渡辺香根夫

編　横澤放川

発行者　宍戸健司

発行　公益財団法人 角川文化振興財団
〒359-0023　埼玉県所沢市東所沢和田3-31-3
ところざわサクラタウン 角川武蔵野ミュージアム
電話　04-2003-8716
https://www.kadokawa-zaidan.or.jp/

発売　株式会社 KADOKAWA
〒102-8177　東京都千代田区富士見2-13-3
電話　0570-002-301（ナビダイヤル）
https://www.kadokawa.co.jp/

印刷所　株式会社暁印刷

製本所　牧製本印刷株式会社

角川俳句コレクション

ISBN 978-4-04-884429-1 C0095

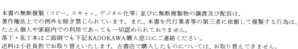